www.b-books.co.kr

울트라 코리아

ULTRA KOREA

울트라 코리아 ULTRA KOREA

1판 1쇄 찍음 2022년 02월 8일
1판 1쇄 펴냄 2022년 02월 16일

지은이 | 정사부
펴낸이 | 정 필
펴낸곳 | (주)뿔미디어

편집장 | 문정흠
기획 · 편집 | 윤석준

출판등록 | 2002년 9월 11일 (제1081-1-132호)
주소 | 경기도 부천시 원미구 소향로17, 303(두성프라자)
전화 | 032)651-6513 팩스 | 032)651-6094
E-mail | bbulmedia@hanmail.net
비북스 | http://b-books.co.kr

값 8,000원

ISBN 979-11-6713-953-5 04810
ISBN 979-11-6565-919-6 04810 (세트)

※파본은 구입하신 서점에서 교환하여 드립니다.

13
정사부 현대 판타지 장편 소설
울트라 코리아
ULTRA KOREA
BBULMEDIA FANTASY STORY

CoNTEnTs

1. 소샤오린을 만나다

사람들은 살아가면서 많은 일을 경험하고 또 듣게 된다.

그중에는 너무도 평범한 일상적인 것도 있고, 또 일부는 도저히 상식적으로 이해가 되지 않는 일도 더러 있다.

중국 북부전구 제16집단군 제2포병 부대 대교인 소샤오린은 지금 듣고 있는 것이 진실인지, 아니면 자신을 놀리기 위한 농담인지, 도저히 분간할 수가 없었다.

하지만 확실한 것은 북부전구 예하 제79집단군 혼성부대가 괴멸이 되었다는 사실이다.

북부전구 제79집단군이 어떤 부대인가?

그들은 북부전구 내에서도 최정예라 할 수 있는 기계화부대였다.

물론 그들과 상대를 한 한국의 제7기동군단이 아시아 최강이라 불리는 기계화부대라고는 하지만, 제79집단군 또한 그에 못지않은 전력을 가지고 있는 부대였다.

비록 자국의 최신 전차인 99식 전차가 한국의 유명한 K—2 전차에 비해 성능이 떨어진다는 것은 이미 알고 있는 사실이었다.

하지만 K—2 전차는 수량이 부족하여 제7기동군단에 3분의 1 정도밖에 배치가 되지 않았다.

그에 반해 제79집단군에는 98식과 99식 전차가 완전 편제되어 있었다.

그 말인즉슨, 한국의 제7기동군단보다 네 배는 많은 기갑 전력이 있기에 질에서는 조금 떨어질지 몰라도 수량에선 압도한다는 얘기였다.

그러니 충분히 막아 내는 것은 물론이거니와, 적들을 무자비하게 격파할 수 있다고 생각했다.

이는 자신뿐만 아니라 북부전구 참모부나, 중앙의 군사위도 같은 생각이었다.

그런데 이런 믿지 못할 결과가 나오자 소샤오린으로서는 답답함을 느끼지 않을 수가 없었다.

중앙정부에서 북부전구의 전력을 움직였다고는 하지만, 패전의 책임은 어디까지나 북부전구의 잘못으로 밀어붙일 것이 분명했기에 머리가 복잡해져 왔다.

'제길……'

그런데 충격적인 건 그것만이 아니었다.

북부전구의 핵심 전력 중 하나인 제79집단군뿐만 아니라 78, 80집단군 또한 패퇴를 하고 있다는 것이었다.

북경을 지키는 중앙전구를 제외하면 가장 강력한 전력을 보유한 북부전구의 전력 중 핵심 전력인 78, 79, 80집단군 혼성부대가 연일 패퇴하여 압록강까지 밀려났다.

덜컹!

한참 생각에 잠겨 있을 때, 느닷없이 집무실 문이 열렸다.

"뭐야!"

패전의 책임 소재를 어떻게 할지 고민을 하고 있는 소샤우린에게 생각을 방해하는 소음은 그의 기분을 날카롭게 만들었다.

"죄송합니다. 하지만……"

소샤오린의 집무실에 들어온 담당 장교는 너무도 날카로운 그의 목소리에 쉽게 대답을 하지 못했다.

하지만 그것도 잠시, 얼른 자신이 전해 들은 바를 보

고하기 시작했다.

"큰일 났습니다."

"큰일? 무슨……."

소샤오린은 부관의 느닷없는 큰일이라는 소리에 의아한 표정을 지으며 말끝을 흐렸다.

그런 소샤오린의 모습에 부관은 소리치듯 보고를 하였다.

"상하이에서 출항한 동해함대가 한국의 2함대와 교전을 하여 대패를 했다고 합니다."

"뭐! 그게 사실이야?"

깜짝 놀란 소샤오린은 자리에서 벌떡 일어나며 소리쳤다.

장진호의 79집단군이나, 신의주로 들어간 78집단군, 그리고 함경북도로 진입한 80집단군은 한국의 기갑 전력과 크게 차이가 났기에 패전을 했다고는 하지만, 동해함대의 패전은 좀처럼 이해가 가지 않았다.

막말로 동해함대가 보유한 군함들의 배수량은 한국 해군의 전체 배수량보다 우위에 있었다.

그런데 한국 해군 전체도 아니고, 전력이 가장 떨어지는 2함대와 교전을 벌여 대패를 했다는 것은 상식적으로 이해할 수 없는 소식이었다.

인민 해방군 해군 함정들의 성능이 한국 해군의 군함

과 현격한 전력 차가 나는 것도 아니었기에 더욱 그러했다.

하지만 이는 소샤오린이 육군이기 때문에 해군 전력에 대해 잘 알지 못해서 할 수 있는 생각이었다.

사실 중국 인민 해방군의 병장기들은 스펙과는 상관없이 무척이나 조악한 물건이었다.

막말로 까보중(까 보니까 중국제)의 앞글자만 딴 줄임말로 조롱의 단어가 있다.

아무리 겉은 그럴듯해도 그 알맹이를 들여다보면 짝퉁이란 뜻이다.

그 정도로 중국에서 만든 무기들은 멸시를 받았는데, 그도 그럴 것이, 중국이 새로 건조한 군함은 해치가 맞지 않아 파도가 높게 치면 바닷물이 선체 안으로 쳐들어왔다.

이 때문에 침수를 막기 위해 들어온 바닷물을 퍼내느라 장병들이 전투 위치에 있을 수가 없었다.

또 세계 최강인 미국을 따라잡기 위해 야심 차게 준비한 항공모함도 멀쩡하지 않았다.

중국은 경제 붕괴로 무너진 구소련의 항공모함인 바리야그를 고물로 들여와 이를 불법 개조하여 항공모함으로 개장한 뒤, 랴오닝함(6,700t)이라 명명해 사용했다.

그것을 바탕으로 002형 산동함(70,000t)을 건조했고, 003형 광저우함(80,000t) 등을 만들어 냈는데, 원래 계획은 이후로도 004형으로 100,000t급 항공모함을 만들 계획이었다.

하지만 이런 계획은 003형에서 채택한 전자식 캐터펄트의 실패로 물거품이 되고 말았다.

물론 실패의 원인을 찾아 업그레이드를 하려고 노력을 했지만, 원인조차 파악할 수가 없었다.

그 때문에 어쩔 수 없이 004형은 그저 꿈으로 남겨지게 되었다.

자신들이 만들고도 고장의 원인조차 알 수 없는 고물 항모를 만들다 보니, 다시 한번 전 세계적인 조롱을 받았다.

이렇듯 중국제 무기에 대한 악명이 자자하다 보니, 중국의 우방국들은 초기에나 중국제 무기를 사용해 왔고, 후에 직접 사용을 하면서 중국제 무기가 스펙과는 다르다는 것을 깨닫고는 더 이상 중국제 무기를 찾지 않게 되었다.

그런데 중국 내에서는 이런 뉴스가 일절 보도되지 않고 있었다.

이는 중국 정부가 자신들에게 부정적인 뉴스는 절대로 내보내지 않고 있었기 때문이다.

이를 소샤오린도 알고는 있지만, 몇 배나 차이 나는 전력 차를 무시할 정도라곤 믿지 않았다.

그렇기에 동해함대의 패전은, 소샤오린에게 북부전구 휘하 집단군 기갑 전력이 패퇴한 것 이상으로 충격을 가져다주었다.

그러다 문득, 몇 달 전 한국의 은인이 자신을 찾아와 한 제안이 떠올랐다.

*　　　*　　　*

내몽골 자치주는 황량하고 토지가 건조해 인간이 살기에 그리 좋은 땅이 아니다.

마음 같아서는 그들이 원하는 대로 독립을 시켜 주는 것이 중국 경제를 위해 더욱 나을지도 모르는 일이었다.

하지만 그렇다고 땅을 포기할 수는 없었기에 불온한 움직임을 보이는 이들을 막아야만 했다.

언제부터인지 모르겠지만, 중국 내 자치구들 속에서 독립을 부르짖는 목소리가 이곳저곳으로 퍼지기 시작했다.

시작은 원래부터 중국 공산당에 불만이 많던 위구르족이 살고 있는 위구르 자치구에서부터였다.

또 그 밑에 있는 티벳도 종교적으로 중국과 맞지 않고, 생활양식도 맞지 않아 종교 지도자인 달라이라마를 중심으로 독립운동을 펼쳐 오고 있었다.

그나마 그곳들은 북부전구가, 아닌, 서부전구 담당이라 별달리 걱정이 없었는데, 어느 순간부터 북부전구 내에 있는 내몽골 자치주에서도 느닷없이 독립운동이 불기 시작했다.

이는 전적으로 중앙정부의 실책이 아닐 수가 없었다.

오래전부터 다양한 민족이 녹아 있는 곳이 바로 중국이었다.

그래서 세계의 중심이라고 중국이라 부른 것이었다.

그런데 이런 다양성이 있는 중국이 공산화되면서, 아니, 최근 경제가 부유해지고, 배움이 많아지고, 지식인이 늘어나면서 공산주의, 사회주의사상과는 전혀 맞지 않는 민족주의가 퍼지기 시작했다.

처음에는 중국 정부도 이런 것에 별다른 관심을 두지 않았다.

낙후된 경제를 살리는 것이 우선이라는 생각에 경제 우선 정치를 펼치고, 그것을 이룩하기 위해 외면을 하였다.

하지만 진보국이 국가 주석으로 선출이 되면서 분위기가 뒤바뀌기 시작했다.

물론 집권 초기부터 진보국이 그런 것은 아니었다.

집권 1기 때만 해도 이전 정권의 정책을 승계하여 좋은 것은 계승하고, 부족한 부분은 보완을 하여 중국을 이끌어 나갔다.

하지만 집권 2기에 들어서면서 진보국은 점차 다른 사람이 되어 갔다.

비단 독재자들이 그러하듯이, 권력이 자신에게 집중이 되자 진보국은 자신의 권력을 더욱 공고히 하기 위해 피의 숙청을 감행했다.

물론 이때까지만 해도 비리가 있는 권력자들에 대한 숙청이었기에 중국인들은 오히려 진보국을 열렬히 지지하며 응원을 해 주었다.

진보국의 정책이 중국공산당 이념에 잘 부합이 되었기 때문이다.

그런데 집권 3기가 되면서 또다시 바뀌었다.

중국 공산당 법에는 세 차례까지 연임이 약속이 되어 있기에, 진보국의 집권 3기는 어쩌면 당연한 것이었다.

하지만 문제는 진보국이 집권 3기까지 가면서 차기 후계자를 양성하지 않았다는 점에 있었다.

후계자가 없다는 점을 우려를 한 원로들의 생각대로 진보국은 중앙군사위 서기, 국가 주석, 중국 공산당 서기, 이렇게 중국의 핵심 권력 세 자리를 모두 차지하면서 그의 독재 권력의 기반을 반석 위에 올려놓았다.

이 세 자리는 중국 권력의 1위부터 3위까지의 자리로 겸직을 할 수도 있고, 또는 각각 다른 사람이 이 자리를 차지할 수도 있었다.

그런데 중요한 것은 이 세 자리를 동시에 차지한 사람은 중국 역사에서도 그리 많지 않다는 점이었다.

그런 이들 중 대표적인 사람이 중국 공산당의 아버지라 할 수 있는 모택동과 중국의 부흥을 일으킨 등소평이었다.

등소평의 후계자이던 장쩌민, 그리고 진보국까지.

이런 절차를 거쳐 권력을 한 손에 잡았다.

등소평이나, 장쩌민 때까지만 해도 자치구들은 불만은 있어도 독립을 요구하는 움직임은 지금처럼 활발하지 않았다.

하지만 진보국이 집권을 하면서 자치구에 대한 자율권을 제안하기 시작하면서 불만이 쌓이다, 쌓이다 결국 폭발을 하고 말았다.

민족의 말과 글을 못 쓰게 하고, 무조건 한족의 언어와 글을 강요했으며, 민족의 전통을 인정하지 못하고 민족말살정책을 펼쳤다.

아이러니한 것은 그러면서도 외국에서 인정하고 있는 타민족의 문화는 자신들이 원조라고 날조를 한다는 것이었다.

아무튼 이런 한족 우선 정책과 소수민족 문화 말살 정책을 병행하자, 곳곳에서 저항 운동이 벌어졌다.

지금 소샤오린의 부대 또한 이런 문제에서 벗어날 수가 없었다.

분명 그가 있는 부대는 포병 부대로, 후방에서 화력을 지원하는 부대이다.

그런데 지금 출동 명령이 떨어져 출동을 해야 하는 상황이었다.

똑똑!

"뭐야?"

부대 이동으로 처리해야 할 업무가 많은데, 노크 소리가 들려오자 짜증이 난 목소리로 소리쳤다.

"손님이 찾아왔습니다."

"아니, 군부대에 무슨 손님이야?"

다른 때도 아니고 상부의 명령으로 부대 이동을 준비하는 중인데 손님이 찾아왔다고 하니, 괜히 부관에게 짜증이 났다.

"그게… 이것을 보여 주면서……."

부관은 소샤오린에게 무언가를 건네주었다.

부관이 들고 있는 것은 소샤오린의 가문의 문장이 찍혀 있는 물건이었다.

집안에 큰 도움을 준 은인이나, 도움이 될 것이라 판단이 되는 귀인에게 주는 일종의 증표였다.

그런데 자세히 보니, 그 물건은 다른 사람이, 아닌, 자신이 언젠가 생명의 위협으로부터 도움을 받고 언제든 도움이 필요하다면 찾아오라고 하면서 준 자신의 물건이었다.

"아니, 이것은⋯⋯."

자신이 가지고 있던 물건이고, 또 누구에게 주었는지 잘 알고 있었다.

몇 년 만에 자신에게 돌아온 그것을 보면서 소샤오린은 두 눈을 부릅떴다.

그도 그럴 것이, 증표를 받은 인물은 외국인으로, 현재 중국과 미묘한 관계에 있는 한국인이었다.

뒤늦게 자신이 준 물건이 누구에게 준 것인지 확인하기 위해 조사를 하다가 깜짝 놀랐다.

자신이 증표를 준 인물은 한국에서 사업을 하는 사람으로, 단순한 사업이 아니라 무기를 생산하는 방위 사업을 하는 사람이었기 때문이다.

물론 당시에는 크게 주목을 받을 정도로 사업을 하는 사람이 아니었다.

하지만 그것도 잠시, 무슨 계기가 있었는지 그는 한국으로 돌아간 뒤 무섭게 성장을 하기 시작했다.

그래서 좀 더 자세히 조사해 보았다.

어떻게 일반인이 국가의 도움도 없이 그렇게 기름에 불이 붙이듯 사업이 성장할 수 있는 것인지 알고 싶었기 때문이다.

혹시 아무도 모르게 국가나, 혹은 그에 준하는 조직이 뒤에 있는 것은 아닌가, 하는 의심도 들긴 했지만, 조사를 하면 할수록 경악을 할 수밖에 없었다.

그가 한국의 중견 기업 오너 일가의 일원이라는 점에서 처음 놀랐고, 한국의 대기업 일원들은 중국의 푸얼다이처럼 국가의 일(군인)에 별로 관여하지 않으려 한다고 알고 있는데, 그는 오히려 특수부대에 지원을 하여 해외파병까지 다녀왔다.

그러다 말년에 작전 중 입은 부상으로 인해 군을 나와야 했지만, 그 내용 또한 어처구니가 없었다.

어떻게 국가를 위해 자신을 희생했는데, 부상을 당했다고 해서 헌신짝처럼 버릴 수가 있는 건지.

그것을 보며 한국이란 나라는 소국이라 불릴 수밖에 없다고 생각했다.

그런데 그게 끝이 아니었다.

그의 인생은 참으로 잘만든 소설처럼 파란만장했는데.

부상으로 군을 나와 1년여를 칩거하다 나오자마자 필

리핀 해역에서 조난을 당했다.

이는 한국의 TV 예능에도 소개가 되어 소샤오린도 알고 있는 사실이었다.

그런데 그 주인공이 자신의 생명의 은인이란 것은 뒤늦게 알았다.

그런데 조난을 당한 뒤 무슨 일이 있었던 건지, 그는 아예 새로운 행보를 내딛기 시작했다.

군대에 있을 때도 보통 사람과는 다른 영화 속 히어로를 보는 듯한 활약을 하던 이가 이번에는 천재 과학자가 된 것처럼 엄청난 발명품을 만들어 내기 시작했다.

거기다 군 동료들이 군을 나와 설립한 PMC의 교관이 되어 훈련 프로그램을 만들어 주고, 또 신생 방산 업체라고는 믿기지 않을 정도로 세계에서 보지도, 듣지도 못한 방탄 스프레이라는 것을 개발했다.

그 성능은 기존에 개발된 그 어떤 방탄 제품보다 성능이 우수했기에, 마음 같아서는 자신도 그것들을 수입해 인민 해방군에 보급을 하고 싶을 지경이었다.

하지만 안타깝게도 그것은 전략물자로 분류가 되어 한국의 적이라 할 수 있는 북한에 물자가 들어갈 위험이 있는 국가에는 판매를 하지 않고 있었다.

참으로 안타까운 사실이 아닐 수 없었다.

그런데 그가 개발한 것은 비단 방탄 스프레이, 하나만이 아니었다.

그는 작은 경비행기 제조 회사를 사들여 항공기 회사를 설립했다.

그리고 불과 2년여 만에 4.5세대 전투기를 개발했다.

이는 상식적으로 이해할 수 없는 업적이 아닐 수가 없었다.

보통 전투기 개발이란 것이 그렇게 단시간에 할 수 있는 일이 아니었다.

개념 연구만 최소 2년에서 4년이 걸리고, 설계를 하는데도 비슷한 시간이 필요했다.

또 모형을 제작해 풍동실험을 하여 설계가 이상이 없는지도 살펴야만 했다.

그런 과정을 거쳐야지 실제 전투기를 제작을 하고 지상 시험과 비행시험을 거쳐 전투기가 완성이 되는 것이었다.

그리고 그런 과정을 모두 거치는 것이 평균적으로 최소 10년이 걸렸다.

이 때문에 일각에선 한국이 날림으로 전투기를 개발해 세계를 속이고 있다고 떠들었다.

또 다른 한국의 전투기 개발 회사에서 비슷한 시기에 개발된 전투기도 아직도 시험비행을 하고 있는 모습만 봐도 알 수 있었다.

하지만 시제기 출고식에 참석을 했던 사람들의 이야기를 들어 보면, 성능을 의심하는 중동의 관계자로 인해 지상 시험도 거치지 않은 비행기를 시험비행, 아닌, 시험비행을 가장한 곡예비행을 했다고 전해 들었다.

그리고 그것을 지켜본 각국의 참석자들 중 전투기를 구매하려는 사람들로 인해 몇 년간의 생산분에 대한 예약이 걸렸다고 했다.

자신의 영향 하에 있는 선양항공공사만 해도 각국에서 빼돌린 기술을 바탕으로 전투기를 개발했어도 그 개발 기간이 10년 가까이 소모가 되었다.

간단히 비교해 봐도 엄청난 기술 격차라 하지 않을 수 없었다.

그 뒤로도 대한민국에는 출처를 알 수 없는 갖가지 첨단 무기들이 등장했다.

소샤오린은 이런 첨단 무기들이 한국에서 등장할 때마다 그가 머릿속에 떠올랐다.

손님이 찾아왔다는 부관의 보고에 한참을 말없이 생각을 하던 소샤오린은 이내 결정을 내렸다.

비록 지금은 바쁜 일이 있지만, 시간을 내는 것이 자신에게도 도움이 될 것이란 막연한 생각이 들었기 때문이다.

울트라 코리아

"흐음, 들여보네."

"네, 알겠습니다."

허락이 떨어지자 부관은 밖으로 나갔다가 얼마 지나지 않아 손님과 함께 집무실 안으로 들어왔다.

소샤오린의 눈에 부관과 함께 들어오는 잘생긴 사내의 모습이 들어왔다.

'확실하군.'

몇 년이 지났건만, 자신의 생명의 은인은 전혀 변한 것이 없는 그때, 그 모습 그대로였다.

당시에 경황이 없는 와중에 보았을 때도 너무도 잘생긴 그의 외모 때문에 깜짝 놀랐다.

그리고 나중에 그의 나이를 들었을 때는 더욱 놀랐다.

자신과 불과 몇 살 차이 나지 않았지만, 겉으로 보이는 모습은 큰형과 막냇동생만큼이나 나이 차가 많아 보였기 때문이다.

"하하, 어서 오시오."

소샤오린은 전혀 변한 것이 없는 수호의 모습에 반갑게 웃음을 내보이며 반갑게 맞이해 주었다.

"오랜만입니다."

집무실 안으로 들어선 수호는 자신을 보며 반갑게 손을 내미는 소샤오린 대교를 보며 마주 손을 잡으며 인사를 건넸다.

"이거, 전에 보았을 때하고 전혀 변한 것이 없습니다."

몇 년 만에 보는 것이지만, 소샤오린은 변한 것 없는 수호의 모습에 감탄을 하며 칭찬을 했다.

"하하, 감사합니다."

자신을 칭찬하는 이야기였기에 수호는 굳이 겸양을 떨지 않고 그냥 감사하다는 말로 그의 말을 받았다.

"이제는 관록이 보이십니다."

처음 사고 현장에서 보았을 때와는 다르게 주름도 조금 늘었고, 또 야전에서 구르다 보니 구릿빛으로 검게 그을린 그의 피부를 보며 수호도 덕담을 해 주었다.

전에 처음 보았을 때만 해도 계급에 비해 다소 젊다는 느낌의 청년 장교처럼 보였는데, 이제는 대교란 계급에 어울리는 인상을 풍기고 있었다.

중국군 장교들 중 이런 관록을 보이는 이는 사실 많지 않았다.

세계 주요 인사들의 정보를 모두 가지고 있으며, 특히나 한반도와 관련된 주요 국가들의 권력층은 한 명도 빼지 않고 알고 있는 수호였다.

그런 수호가 보기에 눈앞에 있는 소샤오린은 손을 잡아도 배신을 하지 않을 확률이 높은 이들로 분류가 되

울트라 코리아

어 있었다.

수호는 인간을 어느 순간부터 도움이 되기에 손을 잡아도 되는 자와 그렇지 않은 자로 분류를 하고, 또 그렇지 않은 자들 중에서도 자신의 행보에 쓸 만한 이와 도움이 되지 않을 자들을 구분해 왔다.

"그런데… 무슨 일로 날 찾아온 것인가?"

소샤오린은 덕담을 나누고 난 뒤, 본격적인 대화를 나누기 위해 서두를 열었다.

평상시 같으면 차분하게 당시 사고를 당하고 도움을 받은 일에 대한 공치사도 하며 여러 이야기를 나눴을 테지만, 현재 그는 시간이 그리 많지 않은 상황이었다.

업무 처리할 것도 있고, 부대 이동과 관련된 일들도 있어서 바빴기 때문이다.

자신을 찾아온 용건을 물어보는 소샤오린을 보며 수호는 잠시 아무런 말도 없이 그의 두 눈을 지그시 쳐다보았다.

그런 수호의 눈빛이 부담이 되었는지 잠시 움찔하기는 했지만, 소샤오린은 절대 시선을 피하지 않았다.

'무슨 눈빛이… 큰아버지의 눈을 보는 것 같군.'

수호의 눈빛은 집안의 수장이자, 북부전구의 사령원인 소샤오창 상장이 자신을 볼 때의 눈빛과 흡사했다.

"대좌님은 현재 중국 정부의 정책에 대해서 어떻게

생각하십니까?"

조용히 소샤오린의 눈을 쳐다보던 수호는 나직이 질문을 던졌다.

어떻게 보면 무척이나 민감한 문제가 아닐 수 없는 질문이었다.

그것도 외국인인 그가 군 지휘관 중 한 명인 소샤오린에게 하는 질문으로는 적절치 않았지만, 수호는 전혀 거리낌이 없었다.

이런 수호의 질문을 받은 소샤오린은 순간 움찔하며 주변을 살펴볼 정도로 깜짝 놀랐다.

"무슨 뜻으로 그러한 질문을……."

소샤오린 대좌가 무슨 의도로 그런 질문을 하냐는 타박을 하려는 그때, 수호는 그의 말이 다 끝나기 전에 다시 질문을 던졌다.

"소샤오린 대좌께서는 왕웨이 외교부장이 은밀하게 북한으로 들어간 것을 알고 계십니까?"

"왕웨이 부장이 북한에요?"

"네, 그것도 다른 사람의 시선을 피하기 위해 잠수함을 타고 말이죠."

"허! 그게 무슨!"

이야기를 들은 소샤오린은 순간, 그 의미를 알 수 없어 눈빛이 흔들렸다.

그도 그럴 것이, 이런 질문을 하는 수호의 뜻은 무엇이고, 또 그가 한 말처럼 한 나라의 외교를 담당하는 외교부장이 비행기도 아니고 잠수함을 타고 타국을 방문했다는 것을 이해할 수가 없었기 때문이다.

결국 소샤오린은 의아한 표정을 지을 수 밖에 없었다.

소샤오린이 비록 군인이기는 하지만, 집안이 중국 정치계의 기둥 중 하나이기에 정치가이기도 한 그였지만, 수호의 뜻밖의 말에 당황한 나머지 표정을 평소와 같이 짓지 못했다.

그만큼 조금 전 수호가 한 질문과 이야기는 소샤오린에게 너무도 충격적인 내용이었다.

"…설마?"

은밀히 아무도 모르게 잠수함을 타고 북한에 들어갔다는 말에서 소샤오린은 어렵지 않게 그 이유를 찾아낼 수 있었다.

현재 돌아가는 중국의 사정과 한반도, 아니, 정확하게는 날로 성장을 하고 있는 한국의 군사력으로 인해 중국은 부담을 느끼고 있는 중이었다.

중구 내 자치구들은 무장봉기를 일으키며 독립을 요구하고 있었고, 그보다 더 심각한 것은 몇 년 전부터 초강대국 미국과 시작된 무역 전쟁이 중국을 날로 벼랑

끝으로 몰고 있었기 때문이다.

물론 그것들은 전부 현 중국 지도부의 잘못된 정책 때문이었지만, 이에 대해 아무리 반감을 가지고 있는 소샤오린라도 함부로 입 밖으로 꺼낼 수는 없었다.

그것도 같은 중국인도 아닌 외국인인 수호에게 말이다.

그런데 질문을 한 수호는 그의 대답을 기다려 주지 않고 자신의 생각을 그에게 들려주었다.

"저에 대해 어느 정도 조사를 했으니 알고 있을 수도 있지만, 제 입으로 설명을 하지요. 전……."

수호는 자신이 한국에서 사업을 하고 있는 기업인이며, 방위 사업도 함께 운영을 하고 있다는 것을 이야기했다.

그러면서 자연스럽게 자신이 운영하고 있는 회사에서 생산하는 물건들에 대해 설명을 해 주었다.

미사일 방어시스템인 스카이넷 시스템이나, 4.5세대 최신형 전투기, 그리고 아직 외부에 알려지지 않은 한국의 최신형 4세대 전차인 K—3 백호 전차와 사거리 1,000㎞의 초장거리포와 차륜형 자주포에 대한 이야기도 들려주었다.

이런 이야기를 듣고 있던 소샤오린은 순간 할 말을 잃어버리고 말았다.

'뭐? 230㎜ 구경에 사거리 1,000km 짜리 초장거리 포? 그것도 차륜형 자주포까지 있다고?'

포병 부대 지휘관이다 보니 소샤오린의 귀에 자리 잡은 것은 바로 사거리 1,000km의 초장거리포와 자주포였다.

그것도 구경이 무려 230㎜나 되는 대구경 포였다.

그렇다고 수량도 적은 것이 아니라, 무려 600문이나 된다고 했다.

230㎜의 포탄이라면 그 살상반경이 최소 60미터는 될 것이었다.

그런 포탄 600발이 한꺼번에 한 지역에 떨어진다면, 그 위력은 가히 전략핵을 능가할 것이라는 판단이 되었다.

거기다 사거리가 무려 1,000km나 되었다.

사거리가 1,000km면, 서울에서 북경까지의 거리가 딱 그 정도였다.

그 말은 다시 말해, 서울 인근에 초장거리포를 배치하고 포격을 가한다면, 중국의 수도인 북경은 전략핵을 맞은 것과 같은 피해를 입는다는 소리였다.

그런데 여기서 중요한 것은, 그것이 단 한 번으로 끝나는 것이 아니라는 것이었다.

포탄이기에 몇 차례 포탄이 떨어질 때가지 연속해서

공격이 가능하다는 이야기나 마찬가지였다.

물론 사거리가 1,000㎞가 넘어가는 무기는 자신들에게도 많이 있었다.

하지만 그것들은 모두 탄도미사일이나, 순항미사일들이다.

즉, 한국의 포탄에 비해 가격이 무척이나 비싸다는 것이었다.

또한 정밀도에서 비교를 해도 많은 차이가 있었다.

거기에 더해 한국은 이미 미사일 방어 체계를 완성한 나라였다.

자신들이 쏘는 미사일은 한국의 미사일 방어 체계에 막히지만, 한국군이 쏘는 공격에는 속수무책으로 당할 수밖에 없었다.

이러한 수호의 경고, 아닌, 경고를 들은 소샤오린은 저도 모르게 모골이 송연해졌다.

'언제 한국이 이 정도로 강력해진 것이지?'

자신도 알지 못하는 사이, 한국은 엄청난 군사 강국이 되어 있었다.

울트라
코리아

2. 협상

소샤오린은 조용히 자신을 찾아와 자신의 조국에 대해 이야기하는 수호의 모습을 가만히 지켜보았다.

'자신감이 넘치는군. 그런데…….'

말 하나하나에 자신감이 넘치게 묻어 있었다.

그렇지만 그가 지금까지 이룩한 것을 생각해 보면, 그런 태도가 이해가 가지 않는 것도 아니다.

무공훈장을, 그것도 세계 최강인 미군에게도 인정을 받았다.

타국인으로 그 나라 최고의 명예를 수여하는 것은 어느 나라나 그렇듯 자국인에게 수여하는 것보다 훨씬 기준이 높았다.

그럼 점은 감안했을 때, 눈앞에 앉아 자신과 이야기를 나누고 있는 이 사내는 정말로 존경할 만한 인물이었다.

"대한민국은 이만큼 준비를 하고 있습니다. 또한……."

수호는 자신을 보며 수시로 표정이 바뀌는 소샤오린 대교를 보면서 그가 자신의 이야기에 점점 빠져들고 있음을 느꼈다.

"중국은 준비가 되어 있습니까?"

한참 이야기를 하던 수호가 앞에 앉아 있는 소샤오린 대교를 쳐다보며 단도직입적으로 물었다.

마치 우리는 준비가 되어 있는데, 너희는 준비가 안 돼 있지 않냐는 듯이.

수호가 갑자기 자신을 보며 질문을 하자 순간 당황한 소샤오린은 곧바로 대답을 내놓지 못했다.

그도 그럴 것이, 세계 최강 미국인도 아니고, 한때 중국을 뒤흔든 영국인도, 아닌, 자신들의 땅 한쪽 귀퉁이에 붙어 있는 소국에서 온 수호가 감히 준비가 되어 있냐는 건방진 말을 하자 기가 막힌 것이었다.

하지만 그것도 잠시, 조금 전까지 자신의 나라에 대해 떠들던 수호가 그런 질문을 한 데에는 그 속에 어떤 깊은 뜻이 있는 것은 아닌가 하는 의심을 해 보았다.

'무슨 의도로 저런 질문을 하는 것이지?'

하지만 아무리 궁리를 해 보아도 좀처럼 수호의 의도를 읽을 수가 없었다.

그렇게 아무런 대화도 없이 10여 분의 시간이 흘렀다.

이에 수호는 더 이상 소샤오린의 대답을 기다리지 않고 다시금 입을 열었다.

"현 중국의 지도부가 진정으로 당신의 조국을 올바른 길로 이끌고 있다고 생각하십니까?"

너무도 적나라한 질문이 아닐 수 없었다.

현 중국 지도부가 개혁개방정책을 표방한 등샤오핑 주석 이후, 장쩌민으로 이어진 지도부를 계승한 것은 맞았다.

물론 그 과정에서 중국이 발전을 했다는 점에 대해서는 부정할 수 없는 사실이었다.

하지만 그만큼 부정부패가 만연하게 되었다.

물론 그건 어쩔 수 없는 시대의 흐름이었다.

자본주의든, 공산주의든 나라가 돌아가기 위해선 돈이 필요했으니까.

이것은 공산주의를 표방하는 자신들도 인정하는 바였다.

그래서 낙후된 체계를, 인민의 생활을 안정시키기 위해 부분적이지만 미국과 손을 잡고 자본주의를 도입했다.

실제로 중국은 덕분에 급속하게 산업화를 이룰 수가 있었다.

그렇지만 이에 대한 반대급부로 심각한 황금만능주의가 인민들 속에 뿌리를 내리고 말았다.

권력이 있는 곳에 돈이 모였고, 그 속에서 중국 특유의 기조와 만나면서 부정부패가 걷잡을 수 없이 커진 것이었다.

그리고 그것을 바탕으로 현재의 중국 경제가 만들어졌다.

이제 와서 부정부패를 잡겠다고 칼을 빼드는 것은 사실 말도 되지 않는 행위였다.

막말로 현 주석이 진보국 또한 그의 아버지, 그의 할아버지 때부터 잡은 권력 덕분에 지금에 자리에 이를 수 있었고, 엄청난 혜택을 받으면서 성장할 수 있었다.

정경유착은 부정부패와 절대 멀어질 수 없는 존재라 할 수 있었다.

그럼에도 진보국 주석은 자신은 깨끗한 척하며 동지들을 숙청하고 자신의 권력을 공고히 하였다.

더욱이 공산주의 혁명에서 배척하는 권력을 독재화

하고 있어 이후 세대가 걱정이 될 정도였다.

실제로 공산당 원로들 사이에선 진보국의 행보에 우려를 하는 이들이 상당했다.

진보국 이후 공산당 세대를 위해 후계를 키워야 함에도 불구하고, 진보국은 자신의 후계를 키우는 대신 유력한 후보들을 숙청하였다.

그것도 차차기 후계로 거론이 되던 이들까지 숙청을 하는 바람에 진보국의 주변에선 감히 차기 국가 주석, 혹은 진보국의 후계로 나설 만한 인물이 없었다.

이는 한국의 독재자이던 박종희의 행보와 비슷했다.

집권 초기에는 혼란하고 어수선한 시국을 해결하기 위해 친위 쿠데타를 일으켰지만, 권력을 잡은 뒤에는 자신만이 나라를 구할 수 있다는 아집에 쌓여 독재를 행한 그 행보와 아주 흡사한 행보를 보여 주었다.

수호는 이러한 점을 꼬집으며 소샤오린을 흔들었다.

이런 수호의 말에 이야기를 듣던 소샤오린도 어느 순간 그의 말에 동조를 하기 시작했다.

그도 그럴 것이, 평상시 소샤오린도 비슷한 생각을 하고 있었기 때문이다.

중국 공산당 원로 가문 중 하나인 소씨 가문의 자손으로서, 현 중국 국가 주석인 진보국의 행보는 공산주의에서 배척하는 독재자의 모습과 흡사했기에 이를 성토하는 수호와 짝짝꿍이 잘 맞았다.

"저도 현 지도부의 움직임은 무척이나 위험하다고 생각합니다. 어떻게 세계 최강인 미국과 경쟁을 하려는 것인지……."

소샤오린은 현 중국 지도부들이 국가 주석인 진보국의 딸랑이가 되어 터무니없는 정책을 밀고 나가는 것이 마음에 들지 않았다.

막말로 미국의 경제력이나, 군사력은 현 중국이 따라가기에는 몇십 년이나 뒤처져 있었다.

"세계적인 흐름이 민족주의로 흐르고 있음을 잘 알고 있지만, 중국이 그런 흐름에 편승을 하는 것은 무척이나 위험한 일입니다. 왜 그런지 아십니까?"

수호는 세계의 흐름에 대한 이야기를 하다가 중국은 그런 세계의 흐름을 따르면 안 된다는 취지의 말을 하였다.

"……?"

소샤오린은 대답을 하지 못한 채 의문 가득한 눈으로 수호를 쳐다보았다.

"중국은 한국처럼 단일민족 국가가, 아닌, 수백의 민족이 모인 용광로와 같은 국가이기 때문입니다. 만약 민족주의를 국가 운영의 키워드로 삼으면 분명히 사단이 날 것입니다. 아니, 이미 일어나고 있지요."

울트라 코리아

분명 자신이 말한 사달에 수호도 어느 정도 영향력을 행사했지만, 굳이 그러한 얘기는 할 필요가 없었기에 그 부분은 감추며 이야기하였다.

"으음……."

수호의 말을 들은 소샤오린은 저도 모르게 낮게 신음을 흘렸다.

이야기를 듣다 보니 그의 말이 맞았기 때문이다.

분명 중국은 한족의 국가이다.

하지만 그 안에는 수많은 민족들이 함께 살고 있었다.

그런데 정작 중국 정부의 정책은 다수의 소수민족을 어우르던 초기 공상단의 이념을 무너뜨리고, 마치 고대의 왕국처럼 한족만의 국가로 이끌고 있었다.

그 때문에 각지에 있는 자치구에서 독립운동이 벌어지고 있는 것이었고.

이런 독립 운동이 처음에는 평화적인 시위에 불과했지만, 강력한 중앙정부의 민족말살정책으로 인해, 이제 와서는 무장투쟁으로 변해 버렸다.

특히 티벳과 위구르 지역은 그 정도가 심해 이제는 무장 경찰 병력으로도 쉬이 진압하지 못해 군이 투입이 된 상태였다.

또한 북부전구에 속한 내몽골 자치구도 그런 영향에

빠져 자신이 속한 제2포병 부대가 이동 배치를 하게 되었지 않은가?

소샤오린은 부대 이동 배치 명령을 받았을 때까지만 해도 별다른 생각을 하지 않고 위에서 내려온 명령에 대해서만 신경을 썼다.

하지만 수호가 대화를 하다 보니 자신이 생각한 것 이상으로 위화감이 들었다.

탁!

생각을 정리하고 있을 때, 느닷없이 수호가 핑거 스냅을 하였다.

'뭐지?'

수호의 느닷없는 행동에 놀란 소샤오린인 의아한 표정을 지었다.

그러면서 시선이 수호의 뒤로 잠시 향했는데, 순간 소샤오린은 깜짝 놀라고 말았다.

그도 그럴 것이, 자신과 수호만 있던 집무실 내에 또 다른 사람의 외형이 나타났기 때문이다.

그것도 한두 명도 아니고 열 명이나 되는 많은 인원이 자신의 집무실 안에서 넓게 포진해 있었다.

'이, 이게 어떻게 된 일이지?'

분명 자신의 집무실에는 자신과 앞에 앉아 있던 수호뿐이었다.

분명 부관도 간단한 음료를 준비해 주고는 밖으로 나갔다.

그런데 지금 이 상황은 무엇이란 말인가.

아무도 없던 공간에 마치 마술을 쓴 것처럼 나타나니……

"누, 누구?"

갑자기 나타난 정체를 알 수 없는 인물들에게 고개를 돌리며 소샤오린이 물었다.

아니, 생각해 보니 자신의 앞에 앉아 있던 수호가 핑거 스냅을 하자 갑자기 나타났다.

그 말은 눈앞에 앉아 있는 수호와 연관이 있단 말이 아닌가.

그렇게 생각한 소샤오린은 급히 고개를 수호에게로 돌렸다.

"이들은 누굽니까?"

조금 전까지만 해도 편안하게 말을 하던 소샤오린의 목소리에 긴장감이 가득했다.

"이들은 제 경호원들입니다. 유 부장."

수호가 갑자기 소샤오린의 집무실에 나타난 이들 중 누군가를 불렀다.

회장인 수호의 호출에 그의 뒤에 서 있던 유재욱 부장이 한 걸음 앞으로 나왔다.

징!

작은 진동음과 함께 안면을 가리고 있던 바이져가 열리며 그의 얼굴이 나타났다.

척!

"SH시큐리티의 유재욱 부장이라고 합니다."

목적을 가지고 침투를 한 것이었기 때문에, 유재욱은 파워슈트의 방탄 헬멧을 완전히 벗지 않은 채 얼굴을 덮고 있던 바이져 부분만 오픈을 하여 인사를 하였다.

이에 유재욱 부장과 앞에 앉아 있는 수호의 얼굴을 번갈아 보는 소샤오린이었다.

그런 소샤오린의 반응에 수호는 손을 들어 유재욱 부장을 뒤로 다시 물리고는 이야기를 이어 나갔다.

"어떻게 보셨습니까?"

밑도 끝도 없는 질문에 소샤오린은 순간 무슨 말을 해야 할지 갈피를 잡지 못했다.

결국 또다시 유재욱 부장과 수호의 얼굴만 이리저리 쳐다보았다.

그런 소샤오린의 반응에 수호는 자신의 의도가 먹혔음을 인지하였다.

"대교님은 파워슈트란 것을 들어 보셨습니까?"

"파워슈트? 음……."

파워슈트에 대해 이야기는 들어 보았는지 수호의 질

문에 소샤오린은 순간 파워슈트란 단어를 중얼거리다 작게 신음을 터뜨렸다.

군인으로서 파워슈트란 이름을 한 번도 들어 보지 못했다면 그건 직무 유기나 다름이 없었다.

그 또한 파워슈트란 단어를 오래전부터 들어 보았다.

그리고 그것이 처음 나온 곳이 일본의 에니메이션이었고, 또 일부 과학자들이 그와 비슷한 연구를 했다는 것 또한 알고 있었다.

실제로 파워슈트를 연구한 일부 국가에서 그에 근접한 무기 체계를 개발했음도 알고 있었다.

이 때문에 중국 내에서도 다른 나라에 뒤처지지 않기 위해 파워슈트를 연구했다.

무려 300억 위안을 들여서 말이다.

하지만 파워슈트 연구는 결국 실패를 하였다.

미국이나, 영국, 프랑스 등 많은 국가에 유학생을 파견하고, 또 스파이들을 이용해 정보까지 빼내면서 연구를 진행했다.

그때까지만 해도 자신들도 서방국가 못지않은 파워슈트를 만들어 낼 것이라 예상했다.

하지만 결론적으로 말하자면 그렇지 못했다.

연구는 실패를 했고, 300억 위안이란 천문학적인 예산은 어디로 사라진 것인지 흔적조차 찾기 힘들 정도로 아무것도 남지 않았다.

그저 연구에 참여를 한 곳에서 연구원들이 야식을 몇 백만 위안어치 야식을 시켜 먹고, 자금을 운영하는 회사에서 운영진들이 호사로운 생활을 했다는 기록만이 남아 있을 뿐이었다.

즉, 정부에서 가져다준 정보와 연구 일지 등은 쓰레기통으로 직행을 했던 것이다.

그 때문에 많은 관계자들이 그 일을 책임지고 숙청이 되었다.

물론 최상위에 있는 관계자들은 모두 빠져나가고, 자금 집행과는 전혀 연관이 없던 연구원들만 책임을 물은 것뿐이었다.

이렇게 돈은 돈대로 허비하고, 아무런 성과도 없이 끝난 프로젝트가 바로 중국의 파워슈트 개발 프로젝트였다.

그런데 그런 파워슈트를 수호가 언급한 것이었다.

뿐만 아니라 당시 파워슈트 연구에선 조금 전 보았던 아무도 없는 곳에서 갑자기 나타나는 듯한 스텔스 기능, 아니, 클로킹 기술이 접목된 물건이 전혀 아니었다.

가시광선의 진행을 굴절시켜 보이지 않게 하는 투명망토 연구는 오래전부터 사람들의 관심을 받으며 연구가 진행되어 왔다.

오랜 시간 연구 끝에 어느 정도 가시적인 성과를 거두었지만, 영화 속에서 나온 것처럼 아무런 위화감 없이 아무것도 없던 곳에서 갑자기 나타나는 것과 같은 효과가, 아닌, 빛을 굴절시켜 물체를 보이지 않게 하는 정도에 지나지 않았다.

그런데 이런 정도도 군사적으로 이용이 가능해 미국이나, 과학기술 선진국에선 일부 특수병과에서 이를 활용하는 연구가 활발히 진행이 되고 있었다.

특히나 원거리에서 저격을 하는 저격수의 위장 슈트는 이미 활용한 예가 몇 가지 있을 정도였다.

그렇지만 조금 전, 아니, 이제는 눈앞에 보이는 SH시큐리티라는 곳의 경호원들이 입고 있는 파워슈트는 그런 모든 것들을 압도적으로 능가하고 있었다.

불과 수 미터밖에 떨어지지 않는 거리에서도 발견하지 못했으니까.

"이게 무슨 뜻입니까?"

소샤오린은 자세를 바로 하고는 수호를 향해 소리쳤다.

물론 상황이 상황이다 보니, 문밖으로 소리가 새어나갈 정도로 큰 소리를 낸 것은 아니었다.

자신을 보며 은근한 분노가 섞인 눈빛과 함께 질문을 하는 소샤오린을 보며 수호는 빙그레 미소를 지으며 대답을 하였다.

"저희 SH 그룹 산하 SH시큐리티 직원들은 이런 파워슈트가 기본 장비로 지급되어 있으며, 대한민국 대통령 경호처의 경호원들도 완전 똑같지는 않지만, 비슷한 장비를 구비하고 있습니다. 또……."

수호는 소샤오린에게 대한민국에는 방금 본 파워슈트와 비슷한 것이 천 벌 이상 있다는 것을 알려 주었다.

이를 들은 소샤오린의 표정은 경악, 그 이상으로 놀라운 표정이 되었다.

하지만 뒤이어 들려온 수호의 말에 표정이 급격이 굳어졌다.

"미국과 러시아에서는 대한민국 정부와 협상을 하여, 각각 300벌과 200벌을 사 갔습니다. 대교는 어떻게 생각하십니까?"

수호가 소샤오린 대교를 똑바로 쳐다보며 물었다.

"음……."

수호의 질문을 받았지만, 소샤오린은 어떠한 대답도 하지 못한 채 작게 신음을 흘렸다.

*　　　*　　　*

한마음 당의 원내 대표인 채낙연은 굳은 표정으로 자

리에 앉아 맞은편에 앉아 있는 민족당의 5선 의원인 신준식을 노려보았다.

한때는 같은 조직에 속해 서로 밀고 당기며 우정을 돈독히 하던 상대였지만, 어느 순간부터 이들의 행보는 갈리기 시작했다.

비록 당은 다르지만 대동회라는 대한민국 정계는 물론이고, 재계에까지 영향력을 떨치고 있는 조직에 속했기에 서로의 이득을 위해 협력을 해 왔다.

그런데 불과 몇 년 만에 이들은 첨예하게 대립을 하기 시작했다.

"여기까진 어쩐 일입니까?"

조금은 날 선 억양으로 물어보는 채낙연 의원의 말에 신준식 의원이 덤덤하게 답했다.

"저야 볼일이 있어 왔지만, 채낙연 원내 대표께서는 무슨 일로 이 먼 양양까지 오신 겁니까?"

덜컹!

SH인더스트리 내의 회의실 문이 열리자, 곧이어서 SH인더스트리의 사장인 정중현이 들어왔다.

SH화학의 전무이사로 있던 그는 수호가 중공업과 해양조선 등 계열사를 늘리고, 또 이를 통합하여 SH인더스트리를 설립을 하자, 아들인 수호를 대신하여 사장의 자리에 올랐다.

"의원님들께선 연락도 없이 무슨 일로 절 찾아오신 겁니까?"

한창 바쁜 와중에 국방위에 속한 여당과 야당의 대표 의원들이 찾아오자 짜증이 났지만 억지로 참으며 물었다.

"하하하, 정 사장님을 찾아온 것은 다름이 아니라……."

언제 서로 얼굴을 붉혔냐는 듯 신준식과 채낙연은 입을 맞춘 듯 표정을 바꿔 이야기를 늘어놓았다.

그렇지만 정작 이야기에 알맹이는 하나 없고 그저 쭉정이들뿐이었다.

"대한민국의 미래 기술을 연구하는 SH인더스트리다 보니, 국가의 녹을 먹고 있는 저희도 어떤 일이 벌어지고 있는지 알아 둬야 할 것 같아 찾아왔습니다."

SH인더스트리는 국가의 자금 지원으로 돌아가는 공기업이 아니었다.

그런 공적 자금 하나 받지 않는 순수 사기업이었다.

그렇지만 방위산업과 연관이 있어서 국방위에 속한 채낙연과 신준식 의원을 마냥 물릴 수도 없는 노릇이라 정중현 사장은 인상을 찌푸린 채 그들의 말을 듣고 있었다.

"이곳에서 인체 실험을 하고 있다고……."

느닷없이 민족당의 신준식 의원이 이곳 SH인더스트리 안에서 불법 인체 실험을 하고 있지 않냐는 질문을 던졌다.

"아니, 그게 무슨 얼토당토않은 말입니까?"

이곳 SH인더스트리는 결코 불법적으로 인체 실험을 하고 있지 않았다.

BIO 부문에서 자원을 받거나, 아니면 실험 아르바이트 모집을 하여 합법적으로 시험을 하고 있었다.

"아아, 내 그것을 뭐라고 하는 것이 아니라, 부상이나 장애를 가지게 된 군인들을 위한 특별한 장치를 연구하고 있다고 해서 찾아왔습니다."

뭔가 오해를 하는 것 같은 정중현 사장의 반응에 신준식은 얼른 사과를 하며 오해가 있는 부분을 정정해 주었다.

보통 국회의원도 아니고 5선이나 한 중견 국회의원이 일개 기업인을 상대로 이렇게 정중한 태도를 취하는 것은 전적으로 자신의 생사여탈권을 가지고 있는 수호 때문이었다.

채낙역이나, 신준식은 4년 전 방탄 스프레이의 방위사업청 납품 건으로 악연으로 엮이게 되면서, 이들의 몸속에는 독극물이 들어 있는 캡슐이 몸 안에 잠복되어 있었다.

만약 이들이 수호에게 반하는 마음을 먹거나, 행동을 하게 된다면, 이것을 관장하는 슬레인에 의해 쥐도 새도 모르게 제거가 될 것이었다.

물론 이들의 죽음은 독극물에 의한 자살로 꾸며질 것이고, 그 근거는 전직 국정원 출신들인 SH시큐리티의 직원들에 의해 만들어져서 어느 누구도 이를 이상하게 생각하지 못한 채 자연스럽게 넘어가게 만들 터.

이 두 사람으로서는 눈앞에 있는 중현에게 결코 함부로 할 수가 없었다.

중현은 그 사실을 전혀 몰랐지만, 두 사람은 중현이 자신들의 생사여탈권을 가진 이가 수호임을 너무도 여실히 알고 있었다.

"그런 것이라면……."

자신에게 사과를 하며 설명을 하는 신준식 의원을 보며 중현은 의아한 표정을 짓고는 고개를 끄덕였다.

"따라오시지요."

정중현 사장은 두 국회의원을 데리고 BIO 사업부에서 연구 중인 세포 재생 장치를 연구하는 연구동으로 이동하였다.

현재 이곳 양양의 SH인더스트리 내 BIO 사업부 산하 연구소에서는 인체의 질병 치료는 물론이고, 손상된 세포를 재생하는 연구를 하는 한편, 사고로 잃은 신체나,

장기를 부작용 없이 인공장기 등으로 대체하는 연구를 하고 있었다.

그리고 현재 많은 성과를 냈다.

현재 SH 그룹에서 판매를 하고 있는 인공장기와 신체는 세계 최고의 성능으로 알려져서 이를 필요로 하는 환자들에게 인기가 높았다.

더욱이 SH인더스트리 BIO 사업부에서는 사람의 피부와 흡사한 인공 피부를 개발하여 인공 관절을 사용하는 사람이나, 화상 환자들에게 피부 이식을 통해 원활한 사회생활을 하는데 지대한 공헌을 하였다.

그러다 보니 대한민국은 물론이고, 세계 많은 나라에서도 이곳을 찾아오며 수술을 하고 있었다.

그로 인해 SH인더스트리가 자리한 이곳 양양에는 이를 필요로 하는 내외국인들이 많이 찾다 보니 관광 수입이 늘어나 지자체 예산이 늘어나기도 했다.

저벅, 저벅.

SH인더스트리의 회의실을 나와 BIO 사업부로 이동을 한 중현과 신준식, 채낙연 의원 일행은 연구 단지 내를 걸었다.

그러다 신준식 의원이 연구소 내를 살피던 중에 어떤 한 장면을 보고는 정중현 사장에게 물었다.

"아니, 저기선 무엇을 연구하는 것입니까?"

그가 보고 있는 곳에는 자주 본 것은 아니지만, 눈에 익은 사람의 얼굴이 보였기 때문이다.

정치를 하다 보면 스트레스를 많이 받게 되는데, 신준식 의원은 TV를 보면서 해소하는 평범한 사람이었다.

그래서 가끔 TV를 보다 보니 몇몇 연예인들의 얼굴을 기억하는데, 대부분 예쁜 여자 연예인이었지만, 몇몇 남자 연예인도 기억하고 있었다.

그리고 그중 한 명이 지금 이곳 SH인더스트리 내 연구소에서 있는 것을 본 것이었다.

"아, 김정만 씨군요."

아들의 은인인 김정만이 치료를 받고 있는 모습을 확인한 정중현 사장은 별거 아니란 듯 대답을 하였다.

"김정만 씨가 스카이다이빙을 하다 사고를 당한 것은 아십니까?"

"사고요?"

"네. 국가대표 훈련을 하다 난기류 때문에 추락 사고를 당했다고 하더군요."

중현은 몇 년 전 김정만이 스카이다이빙을 하다 사고를 당한 것을 언급하며 의원들에게 설명을 해 주었다.

"아니, 그런 일이 있었습니까?"

김정만의 얼굴은 TV를 통해 익숙하지만, 그런 사연이

있는 줄은 전혀 알지 못했기에 신준식 의원이 눈을 깜빡이며 물었다.

"예. 제 아들과 인연이 있어 치료를 하는 것을 돕고 있는데, 많은 성과가 있었습니다."

정중현 사장은 이야기를 하면서 자부심 가득한 표정으로 미소를 지었다.

한편, 김정만이 사고를 당한 이야기를 듣고 그의 치유 과정을 듣게 되자, 신준식 의원이나, 채낙연 의원 모두 놀란 표정으로 창 너머 무슨 캡슐 같은 곳에 들어가는 김정만을 지그시 쳐다보았다.

공중 수십 미터에서 추락을 하여 전신 골절을 당해 살아난 것도 기적이라고 할 만한데, 지금 보니 어떤 보조나, 도구의 도움도 없이 정상인처럼 행동을 하고 있었기 때문이다.

"저게 뭡니까?"

사고를 당한 김정만이 멀쩡한 모습으로 이상한 장치에 들어가는 모습을 지켜보던 채낙연 의원이 물었다.

그런 채낙연 의원의 질문에 모두의 시선이 정중현 사장에게로 쏠렸다.

"저것은 세포 재생 장치입니다."

"세포 재생 장치요?"

"그게 뭡니까?"

세포 재생 장치라는 정중현 사장의 말에 채낙연 의원과 신준식 의원은 고개를 갸웃거리며 의아하다는 시선을 보냈다.

그런 두 사람에게 정중현 사장은 세포 재생 장치에 대해 자세히 설명을 해 주었다.

"이름 그대로 손상된 신체의 세포를 재생시키는 장치입니다."

"그게 가능한 일입니까?"

설명을 들은 신준식 의원은 자신의 상식선에서는 이해가 가지 않아 다시금 질문을 던졌다.

"물론 가능합니다. 그러니 저 장치에 김정만 씨가 들어가는 것 아니겠습니까?"

정중현 사장은 별거 아니란 듯 대답을 하고는 다시 걸음을 옮기기 시작했다.

그런 중현의 행동에 신준식 의원과 채낙연 의원은 놀란 표정을 지으며 그의 뒤를 따랐다.

저벅저벅.

"이곳은 신체 훼손이 심해 팔이나, 발 등 신체 일부를 잃은 사람을 위해 인공 관절을 제작하는 곳입니다. 여기에서 생산된……."

BIO 연구 단지 내를 시찰하면서 그곳에서 하는 일에 대해 설명을 하는 정중현 사장과 이를 듣고 있는 두 의원들은 신중한 표정을 한 채 여기저기를 둘러보았다.

그렇게 단지 내를 모두 돌아보고 처음 있던 곳으로 돌아온 정중현 사장과 두 의원은 마주 보며 대화를 나눴다.

"여기서 생산되는 것들 모두를 이번 전쟁에 참여한 군인들에게 우선적으로 혜택을 주겠다는 것이 사실입니까?"

채낙연 의원과 신준식 의원이 이곳을 찾은 것은 사실 이것을 물어보기 위해서였다.

현 정동영 대통령의 임기는 사실 얼마 남지 않았다.

그러다 보니 대선이 얼마 뒤에 치러질 예정이었다.

원래라면 한 달 뒤에는 대선이 치러져야 하지만, 북한의 무력 도발과 고토 회복 프로젝트가 느닷없이 진행이 되면서, 대선은 이번 중국과의 전쟁이 끝난 뒤로 미뤄졌다.

그도 그럴 것이, 대선보다 대한민국의 존립이 걸린 전쟁이 더 중요하다는 여야 의원들의 생각이 일치했기에 미뤄진 것이었다.

그렇지 않았다면 전쟁 중 혼란이 가중되어 국민에게 욕이란 욕은 다 먹었을 것이니 당연한 일이었다.

"그건 당연한 것 아니겠습니까? 나라를 위해 희생한 군인들에게 우선적으로 혜택을 주는 것이니, 국민들도 충분히 이해를 할 것입니다.”

첨단 의료 서비스의 혜택을 일반이, 아닌, 군인들에게 먼저 적용을 한다는 것에 평소라면 불만의 목소리가 나올 수도 있었다.

하지만 지금과 같이 전시 상황이라면 이야기가 달랐다.

자신의 목숨을 도외시하고 조국을 위해 희생을 하는 군인들은 현재 영웅이나 다름이 없었다.

더욱이 강대국인 중국과의 전쟁에서 연전연승을 하고 있으니, 그 인기는 그 어느 때보다 높았다.

다만, 승전을 하고 있다고는 하지만, 사상자가 전혀 없는 것은 아니었다.

그렇기에 자식을 혹은 연인이나, 동생, 오빠나, 형 등을 군대에 보낸 이들의 걱정은 이만저만이 아니었다.

전쟁이 발발하지 않았을 때도 군내에서의 사건 사고로 걱정이 많았는데, 이제는 전쟁이 발발하지 않은가.

총알이 빗발치고, 여기저기서 포탄이 터지는 죽음의 사신과 함께하는 곳.

이런 SH 그룹의 처사에 국민들은 하나같이 칭찬을 했다.

＊　　　　＊　　　　＊

동해함대가 괴멸이 되었다.

비록 항공모함이 포함된 함대는 아니었더라도, 웬만한 국가의 해군 전력보다 막강한 전력을 보유한 동해함대가 겨우 소국의 전단 규모의 함대에 패배를 한 것이었다.

그것도 괴멸에 가까운 피해를 입고 말이다.

그런데 놀라운 것은 함대뿐만이 아니었다.

뒤이어 들어온 정보에 의하면 동해함대에 속한 잠정(잠수함)들도 모두 격파되었다고 했다.

'그 말이 사실이었어…….'

소샤오린은 속으로 중얼거렸다.

한국의 군사력이 겉으로 드러난 것보다 더 막강하다던 그의 말이 다시금 떠오른 것이다.

[글로벌파이어파워(GFP)에서 발표한 순위표만 생각한다면, 그건 그릇된 판단이 되어 중국에 부메랑이 되어 돌아갈 것이오.]

당시 너무도 당당한 그의 말에 소샤오린은 할 말을 잊고 그의 눈만 쳐다보았다.

뿐만 아니라 당시 겪은 상황을 떠올리면 간담이 서늘해지는 느낌을 주체할 수가 없었다.

아무도 없던 공간에 느닷없이 나타난 그의 경호원들.

그리고 그들이 입고 있던 파워슈트는 소샤오린에게 절망감을 느끼게 하기에 충분했다.

아무리 자신들에게 인류 최악의 무기라 불리는 핵무기가 있고, 그것을 쏘아 올릴 탄도미사일이 있다고는 하지만, 그것과는 별개로 두려운 무기였다.

막말로 아무도 모르게 그들이 중국 내로 침투를 하여 현 중국의 지도층을 모두 암살을 한다면 어떻게 되겠는가.

그런데 이런 파워슈트를 한국의 특수부대가 SH시큐리티의 직원들과는 별개로 1,000벌 이상 보유하고 있고, 한국의 동맹인 미국에 300벌, 그리고 동맹은 아니지만 좋은 관계를 유지하고 있는 러시아에 200벌을 판매했다고 했다.

그게 무슨 말이겠는가.

한국의 동맹인 미국에 판매를 한 것은 어느 정도 이해가 가는 부분이지만, 동맹도 아닌 러시아에 이런 전략무기를 판매했다는 것은 양국 간에 동맹에 준하는 이해관계가 있다는 말이나 마찬가지였다.

더욱이 세계 최강 미국이 경쟁 상대인 러시아에 판매를 승인했다는 것이 좀처럼 이해가 가지 않으면서도, 또 한편으로는 미국의 뜻을 관철시킨 한국 정부의 능력이 두려웠다.

'하, 쉽지 않아.'

소샤오린은 속으로 소리쳤다.

한국을 상대하는 것이 결코 쉽지 않다는 생각이 들었기 때문이다.

그러면서 수호가 한 제안이 머릿속에 맴돌았다.

[제가 미국인은 아니지만, 한마디 하겠습니다. 미국과 척을 지고는 현재 세계에서 정상적으로 존립이 가능한 나라는 거의 없다시피 합니다. 그리고 그건 현재의 대한민국도 마찬가지입니다. 하지만… 이는 중국도 마찬가지입니다. 굳이 군사력으로 경쟁을 하다가는 옛 소련처럼 내부적으로 붕괴할 수밖에 없습니다. 그러니 굳이 경쟁을 하려고 하지 말고, 내치에 힘을 쏟기 바랍니다. 그러기 위해선… 필요도 없는 땅을 굳이 붙들고 있어 봐야 중국의 발전에 도움이 되지 않을 것이니, 그런 곳은 과감히 독립을 시키세요.]

들어주기 어려운 이야기였지만, 그렇다고 이해가 가지 않는 말도 아니었다.

굳이 군사력 경쟁을 하여 소련처럼 망하지 말라는 말은 소샤오린의 심금을 울렸다.

'맞아, 그렇게나 강대하던 소련도 미국과 경쟁을 하다 무너졌어.'

과거의 소련은 현재의 중국 이상으로 강력한 나라였다.

하지만 그런 소련도 미국과 과도한 군비경쟁을 하다 경제가 붕괴하고 독립국가로 갈라졌다.

중국은 그것을 반면교사 삼아 올바른 방향으로 인민을 인도해야 만했다.

띠!

"심양으로 간다. 준비해!"

3. 수호의 통 큰 기부

"9시 뉴스입니다. 전일 밤 열한 시경, 서해 100km 지점에서 순찰을 하던 해군 제2함대는 중국 동해함대를 맞아 교전을 벌였으며, 구축함 열세 척, 호위함 삼십여 척, 프리깃함과 잠수함 십여 척을 격침시키고, 상당한 수의 군함을 대파하여 운용 불능 상태로 만들었다고 합니다. 이에 반해 해군의 피해는 천안함, 서울함 등 호위함 세 척이 피격되어 평택작전기지로 회항을 했으며, 이기호 상병, 조준호 일병, 안기준 일병 등 장병들이 중국 해군의 공격에 피격된 미사일 파편에 의해 부상을 입었다고 합니다. 그리고……."

저녁 아홉 시가 되자 전날 서해에서 발발한 양국 해군 간의 전투에 대해 뉴스가 보도되기 시작했다.

"SH 그룹의 정수호 회장은 부상을 당한 장병들의 회복을 위해 SH인더스트리 BIO 사업부에서 최근 개발한 세포 재생 장치 삽십 기를 군에 기부하기로 하였습니다."

KBC 아홉 시 뉴스의 아나운서는 흥분된 모습으로 원고를 읽어 내려갔다.

"김주희 아나운서, 세포 재생 장치가 뭐죠?"

이미 약속된 질문이었기에, 남자 앵커는 파트너인 김주희 아나운서를 돌아보며 물었다.

그런 앵커의 질문에 김주희 아나운서는 방긋 미소를 지으며 대답을 하였다.

"세포 재생 장치가 무엇인가 하면, 이름 그대로 세포를 재생시켜 주는 기기입니다. 예를 들면 여성들의 얼굴 피부 주름을 개선해 주는 미용 기기와 비슷한 것이라 보면 됩니다."

김주희 아나운서도 사실 세포 재생 장치가 무엇인지 제대로 알고 있는 것은 아니었기에, 원고를 통해 알게 된 이야기를 자신이 이해한 정도로 설명을 해 주었다.

그러다 보니 여성들의 피부를 개선해 주는 미용 기기로 오해를 일으킨 것이었다.

울트라 코리아

"미용 기기요? 그것을 군대에 기부를 한다는 것입니까?"

정운용 앵커는 순간 당황한 표정으로 다시금 질문을 하였다.

그리고 방송을 보고 있던 CP는 당황한 표정으로 긴급하게 내용을 수정한 글을 김주희 아나운서가 볼 수 있게 모니터에 띄어 주었다.

한편 새롭게 들어온 정보를 읽은 김주희 아나운서는 자신의 설명이 오해를 불러올 수 있음을 깨닫고는 얼른 정정 보도를 하였다.

"저도 여자다 보니 세포 재생이란 단어에 미용 쪽으로 생각을 했는데, SH인더스트리의 세포 재생 장치는 레이저를 이용해 부상으로 훼손된 세포를 재생시키는 기기라고 합니다. 제대로 정보를 전달하지 못해 오해를 불러일으킬 수 있던 점 사과드립니다."

정정 보도를 한 김주희 아나운서는 곧바로 고개를 숙이며 시청자들에게 사과를 하였다.

"그게 사실이라면, 이번 전투에서 부상을 당한 장병들에게는 큰 도움이 되겠군요."

사과를 하는 김주희 아나운서의 옆에 앉은 정운용 앵커는 얼른 시청자들의 관심을 돌리기 위해 방금 전 서해교전에서 부상을 당한 장병들을 언급하였다.

"그렇지 않겠습니까? 이런 엄청난 의료 기기가 대한민국에서 개발이 되었다는 것에 놀라운 감정을 감출 수가 없습니다."

※   ※   ※

아홉 시 뉴스가 송출이 되고 있는 모습을 지켜보고 있던 정동영 대통령은 저도 모르게 고개를 끄덕였다.

그리고 대통령과 함께 뉴스를 보던 다른 NSC 위원들도 비슷한 표정을 하였다.

연일 계속되는 회의 때문에 지쳐 가던 와중, 좋은 뉴스가 들려오니 기분이 좋을 수밖에 없었다.

뿐만 아니라, 세계 군사력 3위인 중국과 전쟁을 벌인다는 것에 부담을 느끼고 있었는데, 이제는 그럼 감정을 훌훌 털어 버렸다.

그도 그럴 것이, 지금까지 육지와 바다에서 벌어진 교전에서 대한민국 국군은 세계 군사력 순위 3위인 중국의 집단군과 해군 함대를 맞이하여 일방적인 승리를 거뒀기 때문이다.

물론 그 과정에서 희생이 없는 것은 아니었다.

하지만 이를 자세히 들여다보면 그것은 희생이라고 볼 수도 없었다.

울트라 코리아

교전 중에 부상을 당한 장병은 있을지언정, 사망한 장병은 단 한 명도 나오지 않았기 때문이다.

이는 세계 전쟁사에 새로운 역사가 쓰일 정도로 경이로운 일이었다.

다만, 부상을 당한 장병들의 상태를 아직까지 알지 못하기에 조금 우려가 되기는 하지만, 국가가 동원할 수 있는 모든 지원을 해서 사망자가 나오지 않게 할 것이었다.

그런 와중 SH 그룹에서 부작용 없는 외상 치료 기기를 개발하여 군에 기부를 하였다.

인간의 생체 주파수와 비슷한 레이저 빔을 이용해 세포의 재생 능력을 활성화하여, 보다 빠르게 치료를 하고, 보다 완벽하게 상처를 치료하는 그 기기를 말이다.

하지만 세포 재생 장치는 부작용 아닌 부작용이 하나 있었는데, 그것은 치료 과정에서 허기를 느낀다는 사실이었다.

그도 그럴 것이, 레이저 빔의 파장이 인간의 재생 능력을 활성화해 주는 것인데, 활성화를 위해선 인체도 세포 재생을 위한 에너지가 필요했다.

그리고 인간은 살아가는데 필요한 에너지를 먹는 것으로 얻는다.

그러니 당연하게도 치료 과정에서 허기를 느끼는 것

이었다.

이제 막 기기가 개발이 되었기에 판매 가격이 아직 결정이 되지 않았다고는 하지만, 그런 기적과도 같은 장치가 결코 저렴하지 않을 것이란 걸 어렵지 않게 짐작할 수 있었다.

병을 진단하는 MRI나, CT 촬영 기기의 가격도 몇 십억에서 몇 백억 정도 하는데, 상처를 치료하는 장치는 얼마나 비싸겠는가.

그러한 것을 무려 30대씩이나 군에 기부를 한다고 하니, 정동영 대통령 이하 NSC 위원들은 SH 그룹의 정수호 회장에게 미안함과 함께 나이를 떠나 존경심이 일기도 했다.

"젊은 사람이 참으로 대단하지 않습니까?"

정동영 대통령은 언젠가 한 적 있는 그 말을 다시 한 번 NSC 위원들 앞에서 하였다.

"대통령님의 말씀이 맞습니다. 참으로 대단한 사람입니다."

최대환 국방 장관도 대통령의 질문에 같은 대답을 하였다.

그리고 다른 NSC 위원들 모두 비슷한 표정을 함으로써 그 말에 동감한다는 의사를 드러냈다.

"그런데 그 세포 재생 장치란 것이 도대체 어느 정도

울트라 코리아

의 물건인 겁니까?"

이신형 국무총리는 궁금하다는 눈빛으로 최대환 국방 장관을 쳐다보며 물었다.

"엄청나다는 말밖에 할 수가 없습니다."

최대환 국방 장관은 이전에 양양의 SH인더스트를 방문하여 시험 중인 세포 재생 장치를 본 적이 있었다.

그곳에서 최대환 국방 장관은 신세계를 보았다.

그 당시에도 의료 기기로 판매를 한다면 막말로 떼돈을 벌 수 있을 것이라고 판단했다.

그런데 SH 그룹의 회장인 수호는 그 정도에 만족을 하지 않고, 천문학적인 연구비를 더 투입하여 성능을 더욱 끌어올리길 요구했다.

당시만 해도 시중에 판매되고 있는 미용 기기나, 외상 치료제의 성능을 아득히 능가한 상태였다.

그럼에도 불구하고 정수호 회장은 만족을 몰랐다.

그리고 나중에 듣게 된 이야긴지만, 정수호 회장이 세포 재생 장치를 연구한 목적은 대한민국의 미래를 생각해서 만든 것이라고 들었다.

인류는 미래를 위해 언젠가는 지구를 떠나 우주로 진출을 해야만 했다.

그것만이 인류가 계속해서 멸종을 하지 않고 살아갈 수 있기 때문이었다.

생명체는 자신의 주변에 있는 자원을 소비하며 번성을 한다.

이는 바이러스나, 세균과 같은 단세포 생명체나, 복잡한 세포로 구성된 동물이나 인간도 마찬가지였다.

하지만 이런 생명체는 주변의 자원을 모두 소모를 하게 되면 결국 더 이상 번성을 하지 못하고 사멸하게 된다.

그리고 이것은 인간도 피할 수 없는 운명이었다.

그렇지만 다른 짐승들과는 다르게 인간에게는 멸종을 피할 수 있는 방법이 있었다.

그것은 다름 아닌, 더 많은 자원을 획득하는 것.

한정된 지구 내의 자원을 가지고 경쟁을 하는 것이 아니라 우주로 진출을 하여 필요로 하는 자원을 지구가, 아닌, 지구 밖에서 찾으면 되는 것이었다.

하지만 여기에는 치명적인 위험이 있었다.

그것은 바로 지구 밖에는 수많은 방사성물질이 널려 있다는 것이었다.

이것들은 생명체의 세포와 유전자를 그냥 내버려 두지 않고 파괴를 한다.

잠깐 노출이 되는 정도야 살아가는데 큰 지장이 없지만, 이런 일이 반복이 되면 심각한 유전자 변형 또는 세포의 파괴로 생명이 위태로워질 수도 있었다.

그래서 수호는 이 세포 재생 장치를 연구한 것이었다.

방사선에 노출이 되어도 이를 되돌릴 수 있는 기술이 있다면, 방사선에 노출이 되어도 전혀 위협이 되지 않을 것이기 때문이다.

그리고 그 첫걸음으로 상처를 치유할 수 있는 장치를 우선적으로 만들고, 기술력이 확보가 되면 유전자 단위로 치료를 할 수 있는 장치를 개발할 계획까지 세워 두었다.

그렇게 미래를 대비하는 연구를 밤낮을 가리지 않고 진행하는 수호와 슬레인, 그리고 여러 대의 인공지능 슈퍼컴퓨터들, 그리고 관련 연구원들의 노력으로 개발에 성공하였다.

그리고 이러한 성공은 조국을 위해 희생을 한 군인들이 먼저 혜택을 보는 것이 당연하다는 생각에 군에 기부가 된 것이었다.

*   *   *

세계 군사력 순위 3위와 6위에 랭크된 중국과 대한민국의 전쟁은 많은 나라의 관심을 모았다.

그리고 이 중 두 나라의 전쟁에 가장 관심을 두는 나

라는 누가 뭐라고 해도 동북아 정세에 민감한 미국이 아닐 수가 없었다.

물론 미국 말고도 중국의 바로 밑에 위치해 있으며, 언제나 호시탐탐 복속하기 위해 노림을 당하는 대만 또한 미국 못지않게 중국과 한국의 전쟁에 귀추를 주목하고 있었다.

"이게 사실입니까?"

존 바이드 대통령은 CIA에서 올라온 보고서를 받고 깜짝 놀라 소리쳤다.

하지만 CIA와 비슷한 보고를 한 NSA(국가안보국)나, DIA(국방정보국)의 보고서를 확인하고선 자리에 털썩 주저앉고 말았다.

미국의 대통령인 존 바이트가 받은 보고서에는 중국과 대한민국이 벌인 전투 상황을 자세히 담고 있었는데, 그 내용이 참으로 충격적이지 아니할 수가 없었다.

'어떻게 이게 가능한 거지?'

보고서를 읽은 존 바이드 대통령은 이 보고서의 내용을 쉬이 믿기가 힘들었다.

그도 그럴 것이, 중국의 군사력은 결코 약하지 않았다.

세계 최강이라 자부하는 자국, 미국과 비교를 했을 때도 상당히 많이 따라왔다고 판단하고 있었다.

물론 몇몇 분야에서는 아직도 기술 격차로 인해 차이가 있기는 하지만, 이 또한 시간이 지날수록 그 격차는 줄어들 것이었다.

그런 중국이 두 차례나 한국에 일방적으로 패전을 하였다.

미군과 전투를 벌인다고 해도 그 정도로 밀릴 것으로 보이지 않는 중국이, 보고서에는 중국 내에서도 정예로 분류되는 북부전구 예하 집단군 세 개 부대가 한국의 기동군단에 패전을 하고 후퇴를 했다고 적혀 있었다.

또한 중국 동해함대 또한 육군과 다름없는, 아니, 그보다 더한 괴멸적인 피해를 입고 꽁지를 빼고 도망쳤다고 했다.

"이게 정말로 중국군의 상황이 맞나?"

존 바이드 대통령은 토니 블라터 국방 장관을 보며 물었다.

군에 대해선 그래도 CIA보다는 국방부가 더 자세히 알고 있을 것 같아 물어본 것이었다.

"네, 맞을 겁니다."

다른 부가적인 설명도 없이 토니 블라터 국방 장관은 보고서가 틀리지 않았다는 점을 주지시켜 주었다.

"그럼 우리가 판단한 중국의 전력이 잘못된 것인가? 아니면 한국군에 대한 판단이 잘못된 건가?"

존 바이드 대통령은 차갑게 식은 눈빛으로 장내를 돌아보며 질문을 하였다.

그러자 회의실 안에 있던 NSC 위원들은 굳은 표정이 되어 그 시선을 피했다.

하지만 단 한 사람, 제레미 라이스 부통령은 그의 시선을 피하지 않은 채 존 바이드 대통령의 질문에 답했다.

"존, 분명히 이야기하지 않았나? 한국은 예전의 그들이 아니라고……."

오래전부터 제레미 라이스 부통령은 친구이자, 대통령인 존 바이드에게 이야기를 해 왔다.

한국을 예전 자신들이 원조를 해 주던 그런 나라로 생각하지 말라고 말이다.

하지만 그런 이야기를 할 때마다 존 바이드는 그의 말을 주의 깊게 듣지 않았다.

그저 한국의 옆에 붙어 있는 일본에 더욱 신경을 쓸 뿐이었다.

돈을 버는데 비상한 재주를 가지고 있는 일본인들이긴 하지만, 강자에 비굴한 그들은 자신들이 필요할 때면 돈을 빼서 쓰는 그런 존재들이었다.

그런 일본에 어떻게 하면 바가지를 씌워 부족한 예산을 맞출까만 생각을 하는 존 바이드의 모습에 제레미 라이스 부통령은 지금껏 실망한 적이 한두 번이 아니었다.

정말 희한하게도 존 바이드와 일본은 코드가 잘 맞았다.

그래서 그런지, 일본은 존 바이드가 미국의 대통령이 된 이후로 그들이 원하던 상당한 것들을 가질 수 있었다.

물론 그 대가로 일본은 예전 버블 경제 시절 쌓아 놓은 엔화를 많이 풀어야 만했다.

그에 반해 한국은 경제적으로 힘든 시기였다.

주한 미군 방위금이나, 대미 무역에서 일본에 비해 보이지 않는 차별을 받아 왔다.

"여길 봐!"

제레미 라이스 부통령은 아직도 한국을 무시하는 존 바이드 대통령을 보며, NRO(국가정찰국)에서 보내온 사진을 들어 보여 주었다.

"여기, 이것을 봐!"

제레미 라이스 부통령이 보여 준 사진은 미국의 인공위성이 장진호 부근에서 벌어진 중국 기갑부대와 한국의 제7기동군단이 전투를 벌이는 사진이었다.

그리고 제레미 라이스 부통령은 그중 하얀 원 안에 들어 있는 한국 육군의 전차를 가리켰다.

"이게 뭔지 알겠나?"

제레미 라이스 부통령은 지금까지 한 번도 본 적이 없는 전차에 대해 물었다.

그것은 극비리에 개발된 대한민국의 4세대 신형 전차인 K—3였다.

"이게 뭔가?"

한 번도 보지 못한 새로운 형태의 전차에 존 바이드 대통령이 의아해하며 되물었다.

"아마도 소문으로만 돌던 한국의 K—3 같습니다."

존 바이드 대통령의 질문에 토니 블라터 국방 장관이 대답해 주었다.

"K—3?"

"그렇습니다. 저희도 이야기만 들었지, 실제로 형태를 확인한 것은 이번이 처음입니다."

한국은 신형 무기가 개발이 되면 언제나 동맹인 미국에 알려 왔지만, 이번에는 그러지 않았다.

그래서 토니 블라터 국방 장관도 자신도 이번에 처음으로 보았다고 대답을 한 것이었다.

"아니, 어떻게 한국이……."

한국이 자신들에게 알리지 않았다는 이야기에 존 바이드 대통령은 인상을 찡그리며 말끝을 흐렸다.

하지만 자국이 개발한 신형 무기를 공개를 하고 안

하고는 그 나라의 마음이었다.

이것을 존 바이드 대통령이 이러쿵저러쿵할 만한 말은 아니었다.

"이것도 보게."

존 바이드 대통령이 자신이 건넨 사진을 보며 화를 내든지 말든지 제레미 라이스 부통령은 또 다른 사진을 그의 앞에 내밀 뿐이었다.

그리고 그 사진에는 한반도 동쪽 바다에 떠 있는 군함의 모습이 보였다.

그런데 자세히 보니, 그 군함 또한 보통의 군함과는 생김새가 묘하게 달랐다.

그 군함은 마치 근대 함포를 주렁주렁 달고 있는 전함과 비슷하게 생겼다.

"이건 또 뭐야? 이게 현대 군함이 맞나?"

존 바이드 대통령은 함포를 주렁주렁 달고 있는 군함을 보며 물었다.

"한국이 비밀리에 시험을 하고 있는 전함이네."

제레미 라이스 부통령의 대답을 들은 존 바이드 대통령의 표정이 시시각각 변해 갔다.

다른 NSC 위원들의 표정 또한 존 바이드 대통령과 다르지 않았다.

　　　　　＊　　　　　　＊　　　　　　＊

저벅저벅.

"여기 누우면 됩니다."

군복 위에 하얀 가운을 입고 있는 의무병의 안내를 받은 이기호 상병은 자신에게 SF 영화에서나 봤음직한 커다란 기계 장치에 들어가라는 소리에 순간 몸이 굳어졌다.

"저, 정말로 여기에 들어가야 합니까?"

이기호 상병은 조심스럽게 의무병을 돌아보며 물었다.

"걱정할 것 없습니다. 저기 들어갔다 한숨 자고 나면 모두 나아 있을 겁니다."

마치 무엇을 걱정하고 있는지 잘 알고 있다는 듯이 의무병이 설명을 해 주었다.

하지만 이기호 상병은 좀처럼 두근거리는 심장이 안정되지 않았다.

"이 장치는 SH인더스트리의 BIO 사업부에서 개발한 세포 재생 장치로, 이기호 상병의 상처는 한 시간 정도만 집중 치료를 받으면 다 나을 겁니다."

아무리 설명을 해도 움직이지 않는 이기호 상병을 보면서 의무병은 다시 한번 그를 안심시키기 위해 이야기를 하였다.

"한 시간이요?"

이기호 상병은 자신도 모르게 오른쪽 뺨을 손으로 만져 보았다.

큰 부상은 아니었지만, 파편이 오른쪽 뺨을 스치고 지나가는 바람에 피부가 깊게 베이고 말았다.

생명에 지장은 없지만, 평생 얼굴에 커다란 흉터를 가지고 살아야 만했기에 심정이 무척이나 복잡했다.

그도 그럴 것이, 부상을 입기 전에도 이기호 상병의 인상은 그리 좋지 못했다.

각진 얼굴에 광대는 산처럼 솟아 있고, 눈매가 날카로웠으며, 피부도 햇볕에 그을려 까무잡잡했다.

그 때문에 휴가를 나가도 매번 경찰의 불심 검문에 걸리고는 했다.

그런데 이젠 뺨에 기다란 흉터까지 생겼으니 참으로 암담할 수밖에.

"정말로 흉터가 사라질까요?"

다나까로 끝나야 할 말이 일반 사회에서 사용하는 질문으로 바뀌었지만, 이기호 상병을 이를 인식하지 못했다.

그도 그럴 것이, 너무도 놀랄 만한 이야기를 들었기에 그런 것이었다.

"네, 이미 임상 실험에서 아저씨보다 더 커다란 상처도 아무런 흉터 없이 치료가 끝났습니다."

의무병은 이기호 상병을 보며 전에 있던 임상 실험의 결과를 말해 주며 안심시켰다.

"그게 정말이라면 성형외과는 이런 기계 하나만 가져다 두면 떼돈을 벌겠군요."

흉터가 남지 않을 것이란 이야기를 듣고 어느 정도 안심이 된 이기호 상병은 그제야 의무병이 가리킨 세포 재생 장치에 몸을 뉘었다.

그리고 그와 비슷한 일은 다른 치료실에서도 벌어지고 있었다.

중국과 서해에서 일어난 교전에서 부상을 당한 군인은 그뿐만이 아니었기 때문이다.

위잉!

작은 경고음과 함께 이기호 상병이 들어간 세포 재생 장치의 강화유리로 된 덮개가 닫혔다.

— 치료 도중 움직이면 치료가 늦어질 수 있어 고정을 할 것이니, 당황하지 마십시오.

캡슐 안에서 안내 멘트가 흘러나왔다.

"꿀꺽!"

캡슐 안에 들어가 누워 있는 이기호 상병은 저도 모르게 긴장이 된 것인지 마름침을 삼켰다.

철컥!

마치 구속구인 것처럼 보이는 것이 이기호 상병이 누워 있던 침대에서 튀어나와 몸을 고정시켰다.

— 치료를 시작합니다.

캡슐 안 스피커에서 치료를 시작하겠다는 안내 방송이 다시금 흘러나왔다.

— 원하시면 치료 과정을 볼 수 있게 모니터를 켜겠습니다. 보시겠습니까?

"네!"

자신이 치료받는 모습을 보겠냐는 질문에 이기호 상병은 큰 소리로 대답을 했다.

— 작게 말해도 됩니다. 그럼 켜겠습니다.

세포 재생 장치를 운용하는 사람이 누구인지는 모르겠지만, 무척이나 친절하게 이야기를 해 주었다.

이에 캡슐 안에 있던 이기호 상병은 절로 안심이 되는 느낌을 받았다.

우웅!

자신의 치료 과정을 볼 수 있다는 말에 정면에 있는 모니터를 보고 있는데, 그의 귀에 나직막한 진동음이 들렸다.

'하아, 시작되는구나.'

기계의 진동을 느끼며 자신의 치료가 시작되었음을 깨달았다.

'뭐지?'

그런데 상처를 치료하는 중인데, 예상했던 고통은 전혀 느껴지지 않았다.

아니, 고통보단 먼저 따듯하다는 느낌이 들었고, 그다음으로는 상처 부위가 간지럽다는 느낌이 들었다.

'이거 치료가 되고 있는 거 맞아?'

상식적으로 이해할 수가 없었지만, 치료가 된다고 하니 참고 기다려 보기로 마음먹었다.

그렇게 얼마나 시간이 지났을까.

이기호 상병은 치료 과정을 지켜보다 뭔가 이상함을 느꼈다.

'어, 어!'

중국 동해함대에서 발사한 대함미사일에 그가 타고

있던 천안함이 피격이 되면서 날아온 파편 때문에 상처를 입었다.

그로 인해 얼굴 표피는 물론이고, 그 안에 있는 근육도 상당 부분 절개가 된 커다란 상처였다.

그런데 얼마나 시간이 흘렀는지는 모르겠지만, 처음 캡슐 안에 들어와 비치던 상처에 비해 그 크기가 상당히 줄어들어 있었다.

뿐만 아니라, 상처의 깊이도 처음 이곳에 왔을 때보다 깊지 않았다.

'진짜 치료가 되고 있는 거구나!'

처음 캡슐 안에 들어와 치료를 받기 전까지만 해도 이게 정말로 될까라는 의문이었다면, 지금은 아무런 고통도 느껴지지 않아 이게 상처 치료가 된 것인지 하는 의문이었다.

하지만 상처가 난 것을 촬영했다 되감기를 하는 것처럼 오른쪽 뺨에 난 상처가 아물고 있는 모습을 보니 걱정이 줄어들었다.

그리고 이런 생각을 하고 있는 것은 이기호 상병뿐만 아니라 다른 치료실 세포 재생 장치 안에 들어가 치료를 받고 있는 다른 병사들 또한 마찬가지였다.

아무런 고통도 없는데 저절로 치료가 되고 있으니 놀라운 감정이 들 수밖에.

그리고 그 뒤로 몇십 분이 지나고, 서해교전에서 부상을 당한 장병들의 치료 소식은 속보로 보도가 되었다.

4. 정수호 출동

북한의 무력 도발은 동북아의 화약고에 불을 붙여 버렸다.

그 연쇄 반응으로 인해 북한은 대한민국에 흡수통일이 되어 버렸다.

조중 수호조약으로 북한을 돕기 위해 북한 지역에 들어온 중국 북부전구 집단군은 북한의 항복으로 전쟁이 끝났음에도 불구하고, 북한에 대한 야욕을 숨기지 못하고 주둔한 지역에서 벗어나지 않았다.

오래전부터 동북공정을 하고 있던 중국의 입장에선 한반도를 집어삼키기 그 어떤 때보다 좋은 시기라 생각해 그런 무리수를 둔 것이었다.

이는 국제사회에서 비난을 받을 만한 일이었지만, UN 상임이사국의 지위에 있는 중국정부로서는 굳이 다른 나라의 눈치를 보려고 하지 않았다.

그만큼 자신들의 힘에 자신감이 있었기 때문이다.

하지만 한반도의 상황은 그들의 생각대로 흘러가지 않아다.

제2의 장진호 전투를 꿈꾸며 일대에 주둔해 있던 중국 북부전구 제79집단군은 너무도 강력한 대한민국 제7기동군단에 의해 처참한 패전을 겪고 말았다.

이로 인해 중국 북부전구 제79집단군 예하 기계화보병 여단들은 지리멸렬하고, 수십 대의 전차가 파괴가 되거나, 노획이 되었고, 중국 인민 해방군 또한 수천 명이 포로가 되어 버렸다.

그런데 상황은 이에 그치지 않았다.

북부전구 제79집단군의 패전을 만회하기 위해 출항을 한 중국의 동해함대는 기지를 벗어나자마자 대한민국 해군에 의해 움직임이 포착되었다.

그로 인해 중국 동해함대 기지 주변에 설치되어 있던 대한민국 해군의 자항 기뢰가 중국 군함들의 음문에 반응을 하여 공격을 가하였다.

뿐만 아니라 중국의 동해함대가 기지를 빠져나오는

것을 알고 있던 대한민국 제2함대는 이들의 동태를 예의 주시하면서 대기를 하고 있었는데.

아니나 다를까, 중국 동해함대는 서해상에서 대한민국의 제2함대의 군함들을 포착하자마자 대함미사일을 이용해 공격을 시도했다.

이에 제2함대는 중국의 대함미사일에 대응해 똑같이 대함미사일을 발사하였다.

또 자신을 향해 날아오는 중국의 대함미사일을 방어하기 위해 함대 방공 체계를 가동해 공격을 방어했다.

그렇게 시작된 중국 동해함대와 대한민국 제2함대 간의 전투가 시작이 되었고, 또 바닷 밑에서도 양국 잠수함 간의 소리 없는 전쟁이 시작되었다.

그런데 이번 서해에서의 양국 해군 간의 전투도 양강도 장진호 인근에서 벌어진 제2 장진호 전투와 마찬가지로 일방적으로 흘러갔다.

원래 해군의 전투는 육군의 전투와 다르게 대체적으로 군함의 숫자와 총배수량이 많은 쪽이 훨씬 유리했다.

왜냐하면 총배수량이 많다는 것은 그만큼 대형 군함이 많다는 소리나 마찬가지였기 때문이다.

또 대형 군함이 많다는 것은 첨단 시설로 무장을 하고 있으며, 더 대형의 무장을 할 수 있다는 소리였다.

그러니 다른 군의 지원과 같은 변수가 없는 이상, 해군의 전투는 앞서 설명한 대로 총배수량과 군함의 숫자에 결과가 좌우된다고 할 수 있었다.

그런데 서해에서의 양국 함대 간의 전투 결과는 모두의 예상을 한참이나 벗어났다.

총배수량에서, 그리고 군함의 숫자에서도 밀린 대한민국 제2함대의 승리로 끝이 났기 때문이다.

이에 많은 외신들은 이를 대서특필하였고, 중국과 한국 해군의 전투를 예의 주시하던 외국 정부들은 전투 결과를 보고 경악을 금치 못했다.

그동안 각국 정부는 매년 군사 매체들이 편찬한 군사력 순위에 대한 보고를 받으며 이를 무척이나 신뢰를 해 왔다.

이 당시 순위표에는 중국은 군인의 숫자나, 군수 장비들의 성능 등 많은 요소들을 점수화하여 미국과 러시아 다음으로 세계 3위의 순위에 랭크되어 있었다.

그에 반해 대한민국의 경우 인도와 일본에 이은 세계 6위의 순위에 놓여 있었다.

그 말인즉슨, 세계에서는 여섯 번째로 강력한 군사력을 보유하고 있고, 아시아에서는 네 번째 군사력을 보유하였다는 것이다.

그런 세계 3위와 세계 6위 간의 전쟁인데, 그 결과는 모두의 예상을 깨고 세계 6위가 세계 3위를 격파하였다.

중국의 경우 세계 군사 전문 매체에서 한국 육군의 제7기동군단이 기갑 전력에서는 아시아 최강이라 할 때도, 이를 폄하하며 제7기동군단 정도는 북부전구의 한 개 집단군 정도면 충분하다고 떠들었다.

하지만 결과는 정반대로 드러났다.

북부전구의 제79집단군은 한국의 제7기동군단에 의해 전멸의 피해를 면치 못했고, 수천 명의 포로를 발생시켰다.

여기까지는 그래도 군사 매체의 예상이 맞았다.

그런데 양국 해군의 전력 비교에서는 많은 세계 유수의 군사 전문 매체가 중국 해군의 손을 들어줬다.

물론 한국 해군이 최근 최신예 군함들을 개발하여 보유하게 되었다고는 하지만, 중국 해군이 수 년 간 취역한 군함에 비하면 군함의 수나, 총배수량에서 그 규모의 차이가 엄청났기 때문이다.

한국 해군이 군함 한 척을 건조를 하면, 중국은 세 척에서 여섯 척을 한 번에 건조를 했다.

그것도 배수량이 작은 프리깃함이나, 1,000t 미만의 고속정이 아닌 3,000t 이상의 호위함이나, 구축함들이었기에 군사 매체들은 당연히 중국 해군이 한국 해군에 비해 강력하다 평가를 한 것이었다.

하지만 그들은 알지 못했다.

군함의 숫자도 중요하고, 함대에 속한 군함들의 총배수량도 중요하지만, 그것들을 운용하는 종합 전투 체계나, 군함에서 운용하는 무기들의 성능도 중요하다는 것을 말이다.

한국 해군은 전통적인 군함 운용을 따르면서도 최신 운용 체계와 무기들을 채택함으로써 중국 해군과 차별화를 이루었다.

그로 인해 한국 해군은 비약적인 발전을 이룩하였다.

함대 방어를 위한 전투 체계가 중국 해군의 그것에 비해 한 세대 진보를 하였다.

또한 효과가 아직 입증이 되진 않았던 더미를 이용한 레이더 교란 함선 방어 시스템이 이번 전투에서 그 효과를 여실히 드러냈다.

막말로 중국의 대함미사일에 달린 시커를 기만하기 위해 부설한 더미가 아니었다면, 더욱 많은 제2함대의 군함들이 피격이 되어 파괴가 되거나, 격침이 되었을 것이다.

그렇게 됐다면 사상자들 또한 지금의 몇 배 내지는 몇 백 배가 났을 터.

그런데 이런 엄청난 피해를 입었음에도 중국 지도부

는 아직도 정신을 차리지 못했다.

아니, 체면을 구긴 중국의 지도부는 자신들의 실수를 만회하기 위해서라도 지금까지의 실패를 묻을, 더욱 커다란 전과를 올리기 위해 무리수를 두었다.

※　　　　※　　　　※

"하, 이런 반동들을 보았나!"

소샤오린 대교는 자신에게 들어온 정보를 듣고는 저도 모르게 고함을 질렀다.

"괜찮겠습니까?"

화를 내는 소샤오린 대교를 보며 부관이 조심스럽게 물었다.

"괜찮지 않으면?"

소샤오린이 자신을 걱정하는 부관을 돌아보며 소리쳤다.

하지만 그에게 화를 낸다고 해서 상황이 바뀌는 것이 아니란 것을 깨달은 소샤오린은 빠르게 부관에게 사과를 했다.

"이런, 자네에게 화를 내 봐야 바뀌는 것이 없는데… 미안하군."

"아닙니다."

부관은 자신의 상관이 사과를 하자 절도 있게 대답했다.

어차피 자신의 대답이 어떻든 상황은 바뀌지 않음을 그 또한 잘 알고 있었기 때문이다.

"흠, 이젠 때가 되었나?"

아무리 생각을 해 봐도 자신과 조국이 살기 위해선 이대로 가만히 중앙정부가 행하는 멍청한 짓거리를 그냥 지켜볼 수만은 없다는 생각이 들었다.

'음……'

소샤오린이 중얼거리는 소리를 들은 주상치 상위는 속으로 신음을 삼켰다.

드디어 올 것이 왔다는 생각이 들었기 때문이다.

몇 달 전부터 주상치는 자신의 상관인 소샤오린 대교의 행보에 불안감을 느끼고 있었다.

한국에서 사업가 한 명이 와서 독대를 하고 간 뒤로 사람이 완전히 뒤바뀌었다.

그 전에는 야망을 숨기고 은인자중하는 면모를 보이던 상관이 어디서 나온 것인지 모를 자신감을 내비쳤기 때문이다.

물론 소샤오린은 숨긴다고 숨겼지만, 오랜 기간 상관으로 모셔 오다 보니 말투 하나, 행동 하나에서 그가 품고 있는 생각을 알 수 있었다.

"제4정보보안여단에 연락해!"

"정보보안여단이요?"

"그래, 제4정보보안여단."

소샤오린 대교는 북부전구에 있는 직할 부대 중 정보보안여단을 호출했다.

"알겠습니다."

주상치 상위는 상관의 명령에 얼른 대답을 하고는 밖으로 나갔다.

하지만 그의 머릿속에는 좀처럼 의문이 가시지 않았다.

뭔가 일을 낼 것 같았는데, 전투병과가 아닌 정보 부대를 부르는 것에 의문을 들었기 때문이다.

그렇지만 상관의 명령은 절대적이기에, 주상치 상위는 빠른 걸음으로 밖으로 나가 명령대로 제4정보보안여단에 연락을 하였다.

＊　　　＊　　　＊

띠리릭! 띠리띠리!

넓은 방 안의 수많은 컴퓨터들이 불빛을 점멸시키며 움직이고 있었다.

[마스터, 중국 북부전구의 소샤오린 대교에게서 연락이 왔습니다.]

쥬피터는 소샤오린 대교에게서 연락이 오자마자, 곧바로 마스터인 수호에게 보고를 하였다.

"뭐라고 하는데?"

수호가 쥬피터의 말에도 고개도 돌리지 않은 채 물었다.

[SH시큐리티의 지원을 요청했습니다.]

소샤오린은 어떤 일을 벌이기 위해서는 자신이 가진 능력만으론 해결을 할 수 없다고 판단을 했는지, 현재는 적국에 속해 있는 수호에게 도움을 요청했다.

"소샤오린에게 무슨 일이 벌어졌나?"

수호는 느닷없이 지원 요청을 한 소샤오린의 얼굴을 머릿속에 떠올리며 쥬피터에게 물었다.

그러자 쥬피터가, 아닌, 머큐리에게서 대답이 들려왔다.

[그는 현재 북부전구에 있는 다섯 개 무장 경찰 본부 중 산동에 있는 무장 경찰 본부를 제외한 랴오닝, 지린, 헤이룽장, 마지막으로 네이멍구의 총대 이렇게 네 개의 무경 본부를 장악했습니다. 그리고…….]

머큐리는 소샤오린 대교가 드디어 칼을 빼 들었다는 보고를 하였다.

보고 내용인 즉슨, 현 중국의 지도부가 오판을 하여 중국을 전쟁의 화마에 휩싸이게 하기 전에 소샤오린이 먼저 본거지인 북부전구를 평정하기 위해 움직였다는 것이었다.

그 첫 번째가 바로 북부전구 내에 편제된 집단군에서 중앙정부의 영향력을 받고 있는 지휘관이나, 정치위원들을 구속하는 일이었다.

뿐만 아니라 혹시라도 준군사조직인 무장 경찰(무경)을 이용해 쿠데타를 일으킬 수도 있기에, 이들 본부를 급습해 무경 지휘부를 구속시켰다.

물론 그렇게 한다고 해서 북부전구 내의 모든 전력이 그의 가문 아래로 들어가는 것은 아니었다.

북부전구에 속한 해군의 경우에는 한국의 제2함대와 교전을 벌이다 괴멸이 되어 버렸다고는 하지만, 아직 공군도 있었다.

무엇보다 북부전구에 속하지 않고 오직 중앙정부의 지휘만 받는 최강의 화력을 보유한 로켓군이 있었다.

선양의 65기지, 다롄의 651여단, 퉁화의 652여단, 라이우의 653여단 등 656여단까지 총 일곱 개의 기지와 여단이 있었다.

이는 북부전구 내에만 있는 로켓군이었다.

[각지에 퍼져 있는 로켓군을 제압하기 위해선 현재 소씨 가문에서 보유한 전력만으로는 감당할 수 없어 도움을 청해 온 것 같습니다.]

머큐리는 자신이 수집한 정보를 토대로 내린 결론을 수호에게 전달하였다.

그런 머큐리의 이야기를 들은 수호는 잠시 생각을 정리했다.

'드디어 소샤오린이 생각을 정리한 건가?'

자신이 1대1 독대를 하면서 현 중국의 지도부가 가진 위험한 생각을 넌지시 경고했다.

그러면서 자신이 보유한 무력을 보여 주고, 또 한편으로는 그가 가진 야망을 자극시켰다.

자신과 손을 잡으면 현재의 중국은 아니지만, 한 나라의 지도자가 되어 현재 중국의 지도자인 진보국만큼이나 강력한 권력을 가질 수 있다고 말이다.

당시 소샤오린은 그런 수호의 이야기에 관심을 내비쳤다.

물론 그는 자신의 속마음을 들키지 않았을 것이라 생각을 하겠지만, 수호의 눈을 피할 순 없었다.

수호는 자신의 조국인 대한민국의 한반도 통일과 잃어버린 고토 회복 작전을 구상하면서 많은 상황을 대입하며 완벽히 성공할 수 있게끔 시뮬레이션을 돌렸다.

물론 시뮬레이션 초기에는 많은 실패를 경험했다.

그도 그럴 것이, 대한민국이 아무리 발전을 하고 첨단 무기를 개발하여 국군이 사용한다고는 하지만, 한국과 중국의 규모적 차이는 너무도 확연했기 때문이다.

하지만 여러 가지 조건을 하나하나 제거 혹은 더하면

서 성공 확률을 높여 갔다.

그리고 그중 가장 성공 확률이 높았던 시뮬레이션이 바로 북부전구를 한국의 편으로 끌어들인 경우였다.

중국은 북동쪽의 러시아 동부군구와 혹시 있을지 모르는 한반도(대한민국)의 침입을 막기 위해 북부전구에 막강한 전력을 배치하였다.

유사시 그들로 하여금 전쟁 물자의 소비를 부추기는 한편, 후방에 있는 동부전구와 중부전구의 전력이 뒤에서 지원을 하여 적들을 막거나, 물리친다는 전략을 세운 것이었다.

그러다 보니 고토 회복을 위해선 중국 북부전구와 전투를 하여 빼앗으려고 했을 때보다 그들을 한국의 편으로 섭외를 하는 쪽이 프로젝트의 성공 확률이 높게 나타났다.

또 유일하게 실패를, 아니, 정확하게는 한반도가 핵무기에 의해 초토화되는 최악의 상황이 바로 북부전구를 한국의 편으로 끌어들이지 못하고, 북부전구를 장악하고 있는 소씨 군벌이 진보국의 파벌에 의해 숙청이 된 상황이었다.

진보국은 한중 전쟁 초기에 전쟁에 반발하는 소씨 군벌을 중앙군사위 서기의 직위로 내리눌러 소씨 군벌을 숙청했다.

그러면서 북부전구를 자신의 수중에 넣어 중부와 동부전구의 전력으로 제7기동군단을 다시 한반도로 몰아넣은 뒤, 전략 로켓군을 이용해 한반도에 그들이 보유하고 있는 핵미사일을 발사하였다.

그것이 수호가 슬레인과 한중 전쟁 결과를 시뮬레이션 하면서 가장 한반도(대한민국)에 좋지 못한 결과로 나타났다.

물론 이런 결과는 한중 전쟁에 국내에 있는 주한 미군의 도움도 없었고, 한미 수호조약의 이행이 없다는 가정 하에 일어나 결과였다.

그렇기에 솔직히 그런 최악의 상황은 실제로는 일어나지 않을 것이라 생각은 하지만, 수호의 입장에선 최악의 최악을 상정하고 계획을 입안해야 만했다.

그래야 어떤 변수에서도 당황하지 않고 대처를 할 수 있기 때문이었다.

그리고 현재까진 국군이 너무도 잘해 줘서 가장 좋은 결과만 나오고 있었다.

"소샤오린이 미끼를 물었단 말이지?"

[그렇습니다. 만약 그의 도움을 받아 중국 각지에 있는 전략 로켓군 기지만 장악할 수 있다면, 마스터의 계획은 90% 이상 달성이 될 것으로 보입니다.]

머큐리는 대화를 하는 중에도 시뮬레이션을 돌리며

결과를 만들어 그 표를 수호에게 보여 주었다.

말이 아닌 그래프로 보여 주다 보니 수호로서도 빠르게 상황을 파악할 수 있었다.

"좋아. 김국진 사장에게 연결해."

시뮬레이션 결과를 보고는 확률이 높다고 판단한 수호는 곧바로 SH시큐리티의 김국진 사장에게 연결을 하라고 지시를 내렸다.

＊　　　＊　　　＊

부우우우!

거대한 비행체가 어두운 밤하늘을 가로지르며 날아가고 있었다.

그런데 그 형태는 지금까지 공개된 어떤 비행기나, 헬리콥터와는 형태가 너무도 달랐다.

그것의 외형은 마치 레저용 드론을 몇 십 배쯤, 아니, 몇 백배쯤 확대를 해 놓은 것과 비슷한 형태를 가지고 있었다.

SHHX—01 플라잉 터틀.

하늘을 날고 있는 이 거대한 드론의 정체는 바로 SH항공에서 설계하고 SH인더스트리에서 제작을 한 실험용 드론이었다.

특징으로는 네 개의 거대한 로터 블레이드를 가지고 있는 전형적인 드론의 형태를 가지고 있지만, 최대 이륙 중량이 무려 68t이나 되는 엄청난 괴물이었다.

이 중 기체 중량인 11t을 빼면 적재할 수 있는 탑재 중량이 나오는데, 회전익 비행체로서는 말도 되지 않는 57t의 화물을 적재할 수 있다는 소리나 마찬가지였다.

물론 이 적재 중량은 승무원과 자체 무장을 뺀 무게였다.

필요에 따라 12.7㎜ 중기관총 두 정 혹은 30㎜ 기관포 두 정, 그리고 천검—2 공대지미사일 열여섯 발, 신궁—2L(사거리 5~30㎞) 네 발을 무장할 수 있는 병력 수송 및 공격용 드론이었다.

다만, 아직까지 SHHX—01은 그 제식 넘버에서 알수 있듯이, 아직까지는 군에서 정식 채택을 한 기체가, 아닌, 시험 테스트 중인 시험 기체였다.

그 때문에 현재 SHHX—01는 기본 무장도 달지 않은 상태로 비행을 하고 있었다.

더욱이 현재 SHHX—01가 날고 있는 영공은 대한민국의 영공인 한반도 상공이 아니라 중국 땅인 심양이었다.

중국 북부전구 제2포병대의 지휘관인 소샤오린 대교의 지원 요청에 출동을 하는 것이라 분명 어떤 조치를 받고 날아가는 것이기에 안전에는 문제가 없을지도 모르겠지만, 마냥 그렇다고 안심할 수도 없는 상황이었다.

그도 그럴 것이, 현재 한국과 중국은 전쟁 중인 나라이지 않은가.

그럼에도 수호는 SHHX—01에 무장을 하지 않고, SH시큐리티의 경호원들과 함께 비행을 하는 배포를 보여 주었다.

참으로 배포가 크다고 할지, 아니면 무모하다고 할지 분간할 수 없는 일이 아닐 수 없었다.

그렇지만 그것은 절대 배포가 크다, 아니면 간이 배 밖으로 나왔다, 라는 말과 같은 무모함이 아니라 전적으로 자신과 슬레인이 설계한 SHHX—01의 성능을 믿기 때문에 그러한 것이었다.

비록 시험 기체이다 보니 무장을 달수는 없었지만, 방어 체계만큼은 확실했다.

요격을 위해 날아오는 지대공, 공대공미사일을 피하기 위해 플레어와 채프는 기본으로 장착되어 있었으며, 6세대 전투기에 적용될 요격용 레이저 빔 무기 또한 갖추고 있었다.

또한 미사일의 추적 레이더를 교란하기 위한 항전 장비 또한 갖추어 놓은 상태였다.

기술이 진보했다고는 하지만, 수호는 과거의 장비들을 빼먹지 않고 만일의 사태를 위해 모두 갖춰 놓았다.

이는 과거 베트남전의 교훈을 잊지 않았기 때문에 가능한 것이었다.

과거 베트남전 때 미국은 당시 미사일 만능 사상에 빠져, 당시 최강의 전투기라 할 수 있는 F—4 팬텀 전투기의 기본 무장인 기총을 과감하게 빼 버리고, 당시 개발된 미사일만 부착을 하고 출격을 했다.

전쟁 초기만 해도 이러한 미국의 선택이 맞는 것처럼 보였다.

하지만 현재도 그렇지만, 공대공미사일이란 것이 기관총처럼 수백, 수천 발의 총알처럼 사용할 수는 없었다.

겨우 네 발 정도밖에 무장을 할 수 없었기에, 이것을 모두 사용하고 나면 F—4 팬텀은 비무장 상태가 되어 버렸다.

이 때문에 F—4 팬텀의 조종사들은 불안에 떨며 전장에 나가야 만했다.

그리고 급기야 조종사들의 우려한 대로 격추가 되는 F—4 팬텀이 나오기 시작했다.

그제야 미 공군에서는 자신들의 실수가 무엇인지 깨닫고는 F—4 팬텀에 기관총을 달기 위해 설계를 다시

해야 만했다.

이런 뼈아픈 교훈이 있기에 수호와 슬레인은 레이저 빔이란 확실한 미사일 방어 체계를 가졌음에도 불구하고, 이전 세대 전투기나, 헬리콥터들이 적 미사일을 회피하기 위한 간접적인 수단인 채프와 플레어, 그리고 항전 장비를 빼지 않고 SHHX—01에 집어넣었다.

그래서 중국 육군의 대공방어 체계나, 중국 공군의 위협도 두려워하지 않고 적진 깊숙이 침투를 한 것이었다.

우우우웅!

SHHX—01은 엔진이 아닌 소형 원자로라 할 수 있는 아크 원자로에서 생기는 전기에너지를 바탕으로 돌아가는 전기모터였다.

로터 블레이드 네 개를 돌리다 보니 로터에서 나는 소음은 있지만, 기존 헬리콥터나, 전투기의 소음에 비하면 무척이나 조용한 편이었다.

"회장님, 곧 목적지에 다다릅니다."

SHHX—01의 조종사는 목적지가 점점 가까워지자, 헤드셋을 이용해 이를 알렸다.

*　　　*　　　*

— 회장님, 곧 목적지에 다다릅니다.

SHHX—01의 적재창에 부착된 스피커에서 조종사의 말이 들려왔다.

척!

목적지에 다왔다는 말에 수호는 자리에서 일어났다.

그리고 함께 있던 경호원들을 돌아보며 연설을 하기 시작했다.

"지금까지는 계획대로 잘 왔다. 그렇지만……."

정말로 그의 말대로 한반도 통일과 고토 회복을 위한 첫걸음은 계획대로 이루어졌다.

하지만 그것만으로 계획이 완성이 된 것은 아니었다.

중국이란 대국을 맞아 대한민국은 더욱 철저하게 대응을 해야 만했다.

그도 그럴 것이, 중국은 비록 질에서는 현재 대한민국 국군이 장비한 무기들보다 떨어질지는 모르지만, 숫자만큼은 국군을 여실히 압도했다.

뿐만 아니라 그들에게는 모든 것을 되돌릴 수 있는 인류 최악의 무기라 불리는 핵무기도 가지고 있었다.

판단하기로 600에서 1,300개가량을 보유한 것으로 짐작되는 중국의 핵전력은 자칫 방심하면 한순간에 한반도를 폐허로 만들 수 있을 정도였다.

분단이 된 지 거의 80년이 되어 가는, 그러다 어렵게 통일을 이룬 한반도였다.

그런데 방심을 하여 다시 시간을 80년 전 전쟁의 화마가 휩쓸고 지나간 그때로 되돌릴 수는 없지 않은가.

수호의 연설 내용은 바로 그것이었다.

절대로 그때 그 시절로 돌아갈 수는 없다는, 그리고 더 나아가 조상들이 오래전 잃어버린 고토를 자신들의 손으로 되찾는 일에 한 손을 거들자는.

그런 수호의 연설은 SH시큐리티의 경호원들의 심금을 울렸다.

이들 모두가 국정원이나, 군 특수부대 출신들답게 국가에 대한 애국심은 그 누구보다 투철한 이들이었다.

그러다 보니 수호의 이야기는 너무도 적절하게 이들 마음속에 녹아들었다.

"지금 우리에게 가장 위협이 되는 곳은 다름 아닌 중국의 로켓군이다. 로켓군이 보유한 탄도미사일을 제압해야지만 우리의 최종 목표인 고토 회복을 이룰 수 있다."

쿵!

대답은 없었지만 수호의 말이 끝나기 무섭게 경호원들이 하나가 되어 오른 주먹으로 자신의 왼쪽 가슴을 두들겼다.

동시에 수십 명이 한 번에 같은 동작을 하다 보니 적재창 안에서 커다란 소리가 울려 퍼졌다.

경호원들의 그러한 모습에 수호는 슬그머니 미소를 머금었다.

그들이 무슨 생각에서 그런 행동을 했는지 느낄 수 있었기 때문이다.

수호는 연설을 끝내고 조용히 시간을 확인했다.

'지금쯤이면 김 사장과 유 부장도 도착할 때가 되었겠군.'

오늘 작전에 투입된 SH시큐리티의 경호원들은 이들이 전부가 아니었다.

그도 그럴 것이, 북부전구에 배치된 중국 인민 해방군의 로켓군의 기지는 모두 여섯 곳이었다.

지금 수호가 가고 있는 심양에 있는 기지와 여단이 두 곳이나 되었다.

즉, 제압할 곳이 세 곳이나 된다는 소리였다.

아니, 정확하게는 심양에 로켓군 기지가 하나 있고, 조금 떨어진 통화에 로켓군 여단이 두 곳 있었다.

"북한의 미사일 기지와 잠수함 기지를 제압한 것처럼 이번 중국의 로켓군 또한 성공적으로 제압할 수 있기를 믿어 의심치 않는다."

램프의 불빛이 깜빡이며 경보음을 울렸다.

이는 목적지에 도착을 했다는 뜻이었다.

"그럼 작전을 끝내고 만나자."

수호는 그렇게 마지막 말을 남기고 SHHX—01에서 뛰어내렸다.

그런데 특이한 점은 다른 경호원들은 제자리에서 움직이지 않고 있다는 점이었다.

그 말인즉슨, 수호 혼자만 SHHX—01에서 내렸다는 것.

하지만 이는 당연한 일이었다.

수호가 가는 곳은 심양의 65기지로 북부전구에 배치된 로켓군의 사령부였다.

그에 반해 경호원들이 가야 할 곳은 바로 실질적으로 탄도미사일이 배치된 여단.

그러니 군이 여러 명이 심양의 사령부로 가기 보단, 확실하게 로켓군 여단을 제압하기 위해 많은 숫자의 경호원을 할당한 것이었다.

*　　　*　　　*

휘잉잉!

[작전에 들어가기 전, EMP로 적을 교란하겠습니다.]

갑작스러운 소샤오린의 도움 요청에 수호는 연구에

들어가 자리를 비운 슬레인을 불과 이틀만에 다시 부를 수밖에 없었다.

물론 슬레인은 마스터인 수호의 부름에 전혀 불쾌해하지 않았다.

그도 그럴 것이, 슬레인의 삶의 목적이 바로 수호의 보조였기 때문이다.

"좋아, 기지가 크지 않으니 한 번이면 충분하겠군."

슬레인이 작전에 들어가기 전에 적을 교란하기 위해 EMP탄의 사용을 건의하였고, 수호 또한 그런 슬레인의 제안을 받아들였다.

혹시라도 작전이 중간에 발각이 되어 외부로 알려지게 된다면 무척이나 곤란한 일이 벌어질 수 있었기 때문이다.

사전에 정보를 차단하는 것이 다른 곳에서 작전을 펼치는 경호원들에게도 지장을 초래하지 않을 것이기에 적극 동조했다.

사실 이것은 소샤오린 대교에게서 도움 요청이 들어오자마자 수호와 쥬피터, 그리고 머큐리가 구상한 작전이었다.

기지 외부로 정보가 새어 나가지 않게 통신을 무력화시키고, 우왕좌왕하고 있을 적을 급습해 적을 무력화시킨다는 무척이나 단순한 작전.

어떻게 보면 말도 되지 않는 작전이라 할 수 있었지만, 파워슈트로 무장을 하고 있는 SH시큐리티의 경호원들이라면 제아무리 경계 근무를 철저히 서고 있는 중국군이라 하여도 침투가 가능할 것이었다.

거기다 그 전에 EMP 공격으로 모든 전자 장비가 먹통이 된 상태라면 어떻게 저들이 막을 수 있겠는가.

또 로켓군이 이상을 알 수 없게 되는데, 주변의 중국군이 도움을 줄 수 있을 리도 만무했다.

특히나 작전을 벌이는 시각이 늦은 밤이라는 것도 한몫할 것이기에 조금은 무모해 보이는 작전이지만, 의외로 성공 확률이 높았다.

퉁!

작은 소음이 임과 동시에 수호의 등 뒤에 부착된 백팩에서 무언가가 사출이 되었다.

그것은 작은 소음과 함께 활강을 하다 65기지 상공에서 폭발을 하였다.

하지만 큰 소음은 들리지 않았다.

파지지직!

수호가 발사한 EMP탄은 SH인더스트리에서 개발한 특수탄이었다.

이 특수탄은 기존의 핵이나, 화약이 아니라 충전된 전기를 이용해 전자기펄스 발생 장치를 가동시키는 방식이었다.

그러다 보니 발동 범위가 그리 넓지 못했다.

하지만 그것만으로도 심양의 65기지에 있는 전자기기들을 먹통으로 만들기에는 충분했다.

한순간에 65기지는 불빛 하나 없는 암흑천지가 되어버렸다.

그 때문에 기지 내는 순식간에 아수라장으로 변모했다.

그도 그럴 것이, 전시 상태라 비상근무를 하고 있었는데, 느닷없이 정전이 되어 버렸으니 어떻겠는가.

기지 사령관은 급히 원인을 파악하고 비상 발전을 하라고 명령을 내렸다.

하지만 사령관의 명령은 제대로 이뤄지지 않았다.

그 이유는 기지 내 통신망 또한 수호의 EMP 공격으로 먹통이 되어 버렸기 때문이다.

또한 비상 발전기 또한 전선으로 연결이 되어 있다보니, EMP 공격에서 벗어날 수가 없었다.

그 때문에 65기지는 우왕좌왕하는 사람들로 인해 난장판이 되어 버렸다.

그런 기지 내 상황을 모두 지켜보고 있던 수호는 자신의 모습을 감추고는 경계 근무를 서고 있는 중국군 경계 사각지대를 통과해 무사히 기지 내에 도달할 수 있었다.

*　　　　*　　　　*

쾅!

"뭐야! 아직도 정전의 원인 파악도 되지 않은 거야?"

심양의 65기지의 부대장인 자오지엔 상장은 테이블을 주먹으로 내리치며 소리쳤다.

원인을 알 수 없는 정전으로 인해 현재 그의 집무실은 촛불을 통해 밝히고 있었다.

언제 상부에서 명령이 떨어질지 모르는 상황인데, 느닷없이 부대에 정전이 된 것은 물론이고, 통신까지 마비가 되었으니 이보다 큰일이 없었다.

"사령관 동지, 아무래도 이건 단순한 사고가 아닌 거 같습니다. 적의 공격으로 보입니다."

참모 중 한 명인 시진룽 소장이 굳은 표정으로 입을 열었다.

"적의 공격? 그건 또 무슨 얘기야?"

현재 한국의 제7기동군단이 압록강을 넘어 단둥으로 들어오기는 했지만, 아직까지는 압록강을 두고 일진일퇴를 하며 국지전을 벌이고 있었다.

하지만 이곳 심양까지 공격하는 것도 가능한 일이었

기에, 자오지엔 상장은 놀란 표정으로 그의 부관을 쳐다보았다.

"자세히 말해 봐!"

자오지엔 상장은 느닷없이 적의 공격 가능성을 언급한 시진룽 소장에게 더 말하라고 보챘다.

그러자 시진룽 소장은 자신의 생각을 설명하였다.

"단순한 사고였다면 비상 발전기를 이용해 한 시간 내에 불이 들어왔을 것입니다. 게다가 기지 내 벌어진 일은 단순히 전기만 나간 것이 아니라……."

현재 65기지는 전깃불은 물론이고, 통신까지 먹통이 되어 버린 상태였다.

이는 단순히 발전기 과부하로 인한 사고라고 보기에는 뭔가 이상한 구석이 있었다.

뿐만 아니라 시간이 지날수록 속속들이 다른 문제가 보고되었다.

"현재 기지 내 전 차량이 시동이 걸리지 않는다 합니다."

"뭐야! 그럼 정말로 한국의 공격이란 말이야?"

자오지엔 상장은 급기야 기지 내 있는 모든 차량에 시동이 걸리지 않고 있다는 보고에 고함을 지르듯 소리치며 자리에서 벌떡 일어났다.

더 이상 기지 내 단순히 불이 들어오지 않는 것은 문

제가 아니었다.

기지 내에 있는 모든 차량에 시동이 걸리지 않는다는 소리가 뭘 의미하는지 군인인 자오지엔 상장은 잘 알고 있었다.

"한국이 EMP를 사용한 것인가?"

분명 이들 중 어느 누구도 한국이 EMP탄을 사용한 정황을 알아차리지 못했다.

그도 그럴 것이, 수호가 터뜨린 것은 기존에 알려진 EMP 폭탄과는 다른 것이었기 때문이다.

핵무기를 가지고 있는 미국이나, 러시아 등의 나라는 EMP 폭탄을 개발할 때, 핵무기의 원료인 우라늄이나, 플루토늄을 이용한 방식으로 개발을 하였다.

이는 원래 EMP가 핵폭발 시에 발생하는 전자기 폭풍을 발견해 무기화한 것이었기 때문이다.

하지만 핵무기를 보유하지 못한 대한민국의 경우, 그러한 무기를 절대 개발할 수가 없었다.

그렇기에 같은 EMP 폭탄이라곤 해도 다른 방식으로 연구할 수밖에 없었는데, 그 이유는 핵보유국들의 핵확산금지조약에 대한 제재를 피할 수 없었기 때문이다.

그런데 궁하면 통한다고 하던가.

대한민국은 핵폭발에 의한 전자기펄스가, 아닌, 화약을 이용한 인위적인 전자기펄스를 발생할 수 있는 방법을 찾아냈다.

이를 이용해 미국이나, 러시아와 같은 군사 강국들의 EMP 폭탄과 같은 무기를 개발할 수 있게 된 것이다.

하지만 핵이 아닌 화약을 이용하다 보니 그 위력이 플루토늄이나, 우라늄을 사용한 것들에 비해 약할 수밖에 없었다.

그런데 수호는 이를 그대로 사용하기보다 좀 더 은밀하게 사용할 방법을 연구하였다.

기존의 EMP 폭탄은 비행기나, 순항미사일을 이용해 목표 지점 상공에서 터뜨리는 방식이었는데, 그러다 보니 방공 능력이 우수한 곳에서는 사용하기 힘들다는 단점이 있었다.

이에 수호는 위력은 키우고, 크기는 줄인 소형 전략 핵급 EMP 폭탄을 개발하는데 성공했다.

크기는 수류탄보다 조금 큰 정도였는데, 그 위력은 전략핵 폭탄의 위력인 지름 3㎞의 범위를 가진 EMP 폭탄이 만들어진 것이었다.

최대 범위가 3㎞이고, 범위는 더 줄일 수도 있었는데, 최소 범위를 500m로 줄이면 전자기펄스의 위력이 증폭되어 지하 50m까지 침투를 할 수 있었다.

그러한 EMP 폭탄을 장착하고 있던 로켓에 넣었고 65기지 상공에서 작동시켰다.

그러다 보니 65기지에 있던 중국 인민 해방군은 아무런 흔적도 발견하지 못한 채 속수무책으로 당한 것이었다.

"한국은 오래전부터 EMP나, 정전탄 등을 연구해 온 나라입니다. 이번에도……."

"음……."

설명을 들은 자오지엔 상장은 저도 모르게 나직이 신음을 터뜨렸다.

그 또한 한국군의 무기에 대해서는 알고 있었다.

하지만 시진룽 소장이 이야기를 할 때까지 이를 떠올리지 못했다.

"다들 어떻게 생각하나? 시진룽 소장의 말에 동의하나?"

자오지엔 상장은 다른 참모들을 돌아보며 물었다.

하지만 어느 누구도 쉽게 대답하지 못했다.

그도 그럴 것이, 가능성은 있긴 하지만 그렇다고 인정을 하게 되면 한국군이 너무도 두려워지기 때문이었다.

현재도 북부전구 집단군이 차례차례 격파가 되고 있는 상황.

또한 막강한 전력인 동해함대가 한국의 제2함대를 상대로 동해(서해)에서 교전을 벌였지만, 괴멸적인 타격을 입고 패퇴하였다.

자신의 5분지 1밖에 되지 않는 전력을 가진 한국 해군을 상대로 별다른 전과도 내지 못하고 패퇴한 동해함대를 보면서, 북부전구에 있는 인민 해방군은 물론이고 소식을 접한 중국의 지도부는 할 말을 잃었다.

아니, 공포를 느꼈다.

그 때문에 한때 로켓군을 이용해 한국에 둥펑(DF) 미사일을 발사해야 한다는 여론까지 일기도 했다.

하지만 둥펑 미사일은 탄도미사일이었다.

탄도 내에 어떤 탄두를 심느냐에 따라 상황이 바뀔 게 분명했다.

재래식 폭탄을 탄두로 넣기에는 그 위력이나, 효과는 별 볼 일 없을 것이고, 그렇다고 핵탄두를 탑재했다가는 국제적인 고립이 일어날 수도 있었고, 3차 세계대전이 벌어질 수도 있었다.

그것도 중국, 하나를 상대로 한국과 미국의 연합군들이 대거 참가한 전쟁이 말이다.

그렇게 된다면 한국 하나만 상대하는 것도 이렇게 힘든데, 세계 군사력 1위를 하고 있는 미국이 참전한 연합군을 상대하는 것은 중국의 입장에서 그냥 죽여 달라는 것과 다름이 없었다.

미국과 전쟁을 한다고 해서 같은 사회주의 국가인 러

시아가 자신들을 도와줄 것이란 생각은 전혀 들지 않았기 때문이다.

그도 그럴 것이, 현재 러시아와 한국의 관계는 현재 러시아와 중국의 관계보다 더 좋았기 때문이다.

실제로 UN 안정 보장 회의에서 나왔듯 러시아는 중국에게 경고를 했다.

한반도에 들어온 북부전구의 병력을 원래 주둔지로 물리라고 말이다.

그런데 만약 자신들이 한반도에 핵무기를 사용한다면 어떻게 되겠는가.

이때는 미국도 상대하기 두렵지만, 러시아도 동시에 상대해야 하는 끔찍한 상황이 벌어질 수 있었다.

러시아는 자신들 못지않은 꼴통들이었기에 더 걱정이었다.

그들이 마음만 먹는다면 정말로 자신들의 머리 위로 마하 6을 능가하는 극초음속 순항미사일을 날릴지도 모르는 일이었기 때문이다.

그것도 자신들처럼 핵무기를 탑재하고 말이다.

그렇기에 중국 지도부는 정신을 차려 만약의 사태를 대비해 준비만 하고 있으라는 명령을 내렸다.

그런데 이렇게 기지가 마비가 되다 보니, 외부와 단절이 되어 버려 답답하고 불안해졌다.

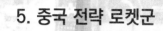

5. 중국 전략 로켓군

북부전구 직할대인 정보보안여단의 전력을 빼낸 소샤오린은 가장 먼저 북부전구 내에 있는 무장 경찰 본부들을 장악했다.

뿐만 아니라 더 나아가 가문의 영향권에서 벗어나 있는 부대들에 대한 장악도 병행하였다.

소샤오린이 이럴 수 있는 이유는 다름 아닌 수호와 손을 잡음으로써 그도 위구르나, 티벳 자치구의 독립군들처럼 파워슈트를 100벌 지원받았기 때문이다.

물론 수호는 파워슈트를 그에게 지원을 해 주면서도 경고도 함께 날렸다.

다른 나라는 그렇지 않지만, 중국인이나, 일본인의 경우, 자신보다 조금만 능력이 떨어지거나 비슷하다고 판단이 되면 언제든 뒤통수를 치려는 습성이 있었기 때문이다.

그렇기에 일본의 야쿠자들에게 그런 것처럼 수호는 소샤오린 대교에게도 이야기해 주었다.

자신이 지원하는 파워슈트는 자신이 계열사로 거느린 SH시큐리티나, 대한민국 특수부대에 보급한 파워슈트에 비해 성능이나, 기능이 떨어지는 구형임을 말이다.

실제로도 그 차이를 소샤오린도 느꼈다.

자신이 본 수호의 경호원들은 모습을 감출 수 있는 클로킹 기능이 있어 눈에 보이지 않았다.

그에 반해 자신이 받은 파워슈트는 이름 그대로 파워를 늘려 주는 기능 외에는 아무것도 없는 장비였다.

그것만 해도 감히 딴 생각을 하지 못할 것인데, 그 숫자도 엄청났다.

한국의 특수부대 전력은 세계 유수의 특수부대 지휘관들도 그 전투력만큼은 인정을 하고 있었다.

일부 특수부대에서는 위탁 교육을 받을 정도로 그 훈련 프로그램이 엄청났다.

그런 특수부대원이 무려 2만여 명이 넘었다.

육해공, 그리고 해병대까지 모두 합치면 그들만으로

웬만한 국가 하나는 전복이 가능할 정도로 엄청난 전력이 아닐 수 없었다.

그런 그들이 파워슈트로 무장을 했다면 그 전력은 얼마나 상승했을지 소샤오린 대교로서는 감히 가늠이 되지 않았다.

물론 이는 소샤오린이 수호의 이야기를 오해한 것이지만, 수호는 이를 정정해 주지 않았다.

그도 그럴 것이, 2만여 명 전체는 아니지만, 1,000명분의 파워슈트가 보급된 것은 사실이었기 때문이다.

그것도 미국이나, 러시아에 판매한 것보다 한 세대 앞선 것으로 말이다.

그렇게 판매된 파워슈트는 수호가 티벳과 위구르의 독립군과 일본의 야쿠자들에게 지급한 파워슈트보다 업그레이드 된 물건이었다.

그런데 대한민국 특수부대에 보급한 파워슈트는 또 이것보다 더 기능적으로 앞선 것이었다.

그에 반해 소샤오린에게 지급한 100벌의 파워슈트는 일본과 위구르, 티벳 독립군에게 보급한 것들과 같은 제품이었다.

그럼에도 소샤오린은 수호에게 어떤 불만도 토로하지 않았다.

그 정도만 해도 그가 상상하는 이상의 성능이었기 때

문이다.

또 어느 나라도 자국의 군대가 사용하는 무기와 같은 성능의 무기를 타국에 판매하지 않았다.

이는 자신들도 마찬가지이기에, 이 정도 차이는 당연하단 생각에 소샤오린은 수호에게 불만을 표하지 않은 것이었다.

다만, 능력이 부족하다 느껴지면 지원을 요청하면 된다는 생각을 가지고 있었기에, 그런 것이기도 했다.

부르릉!

끼익!

심양의 65기지에 일단의 트럭이 몰려들었다.

늦은 시간이었지만, 그들은 전혀 개의치 않고 안으로 들어왔다.

그런데 이상한 것은, 기지 정문을 지키던 위병들이 이들이 들어오는 것을 제지하지 않는다는 점이었다.

기지 안으로 들어온 트럭은 정차를 하자마자 무수히 많은 군인들을 쏟아 냈다.

척척척척!

간단한 무장을 한 군인들은 트럭에서 내리자마자 일사불란하게 오와 열을 맞추며 섰다.

"너희는 1번 막사로, 또 너희는……."

트럭에서 내린 소샤오린 대교는 급히 부하들에게 병

력을 붙여 65기지 내 곳곳을 장악하라는 명령을 내렸다.

이미 이곳 로켓군 65기지는 수호에 의해 지휘부가 제압이 된 상태였기에, 기지를 장악하는 일은 식은 죽 먹기였다.

"너희는 날 따라와라!"

소샤오린은 모든 병력들에게 지시를 내리고는 남은 50여 명의 인민 해방군에게 자신을 따라오라는 명령을 하달했다.

"예, 알겠습니다."

소샤오린 대교의 명령을 받은 제4정보보안여단의 군인들은 큰소리로 대답을 하고는 할당된 지역으로 뛰어갔다.

그리고 그런 정보보안여단의 병력들 뒤로 특이한 복장을 하고 있는 십여 명의 군인들이 뒤따랐다.

그들은 바로 소샤오린 대교의 직속 부하들로, 그의 가문에서 특별히 양성한 공강군이었다.

공강군이 무어냐면, 한국으로 치면 공수부대 즉, 특전사 부대원들이라고 보면 된다.

이들 공강군은 모두 소씨 가문(군벌)의 직속이었기에, 중앙정부의 명령을 받지 않는다.

비록 7대 전구가 현재 5대 전구 편제로 바뀌면서 지

배력이 많이 약화되기는 했지만, 소씨 가문의 힘은 북부전구에서만큼은 대단했다.

그러다 보니 그들 중 정예라 할 수 있는 공강군들 중에서 특히 충성심이 강한 이들만 골라 수호가 협상의 대가로 준 100벌의 파워슈트를 지급하였다.

그리고 그런 그들을 65기지를 점령하기 위한 전력으로 파견한 것이었다.

* * *

덜컹!

문이 열리고 일단의 중국 인민 해방군 군복을 입은 이들이 지휘부 안으로 들어왔다.

"어서 와."

안으로 들어오는 인물을 확인한 수호는 반갑게 그를 맞이했다.

현재 수호는 자신의 정체를 들키지 않기 위해 헬멧의 바이저를 벗지 않은 상태였기에, 안으로 들어오는 소샤오린 대교를 보면서 반말을 하였다.

"음."

한편 자신의 집무실 안으로 들어오는 사람의 얼굴을 확인한 자오지엔 상장은 저도 모르게 신음을 흘렸다.

설마 북부전구의 지배 가문인 소씨 군벌의 후계자로 알려진 소샤오린 대교가 들어올지는 예상치 못했기 때문이다.

외국과 전쟁을 벌이고 있는 지금, 설마 같은 편이라 생각한 북부전구의 인민 해방군이 자신들을 억압할 줄은 어느 누구도 예상하지 못할 것이리라.

자신들을 기습한 이는 한국군이라 생각하고 있었는데, 예상을 빗나간 일이 벌어지자 자오지엔 상장으로서는 지금 상황이 어떻게 돌아가고 있는 것인지 파악할 수가 없었다.

"이게 어떻게……."

저도 모르게 머릿속으로 떠올린 생각이 입으로 흘러나왔다.

"어떻게 인민 해방군의 장교로서 전시에 이적 행위와 같은 짓을 벌이다니! 부끄럽지 않나!"

너무도 화가 난 자오지엔 상장은 마치 눈빛만으로 소샤오린 대교를 죽여 버릴 것만 같은 무서운 눈으로 상대를 노려보았다.

하지만 자오지엔 상장으로부터 질책 아닌 질책을 들은 소샤오린 대교는 담담한 표정으로 그 말을 받았다.

"물론 북경의 지시를 받고 있는 당신이라면 그렇게 말할 수 있겠지. 하지만……."

담담히 대답을 하던 소샤오린 대교는 말을 하다 말고 눈에 힘을 주며 윽박지르듯 말을 이어 갔다.

"당신들은 장진호에서 죽어 간 79집단군 소속 장병들의 마음은 생각해 봤나?"

비록 자신의 직속은 아니었지만, 그들도 크게 보면 자신의 가문에 속한 병력이었다.

그런데 그들을 지휘하는 간부들이 중앙정부의 명령을 받는 이들이라는 것 때문에 흘리지 않아도 될 피를 흘리고 말았다.

적의 전력도 제대로 판단하지 못한 채 남의 전쟁에 자국의 병력을 쏟아부은 결과가 바로 79집단군의 전멸에 가까운 피해였다.

그런데 희생은 그들만이 아니었다.

뒤늦게 움직인 78집단군이나, 80집단군도 신의주와 함경북도로 들어서기 무섭게 한국의 제7기동군단에 의해 격파가 되었다.

그로 인해 이들 집단군 내에 있던 기갑 전력은 괴멸되고 말았다.

그나마 절반의 전력을 살려 낸 것만으로도 다행이라 할 수 있었다.

그런데 80집단군에 속한 기계화부대는 그런 행운을 얻지 못했다.

지휘관의 능력이 78집단군보다 못한 것인지, 아니면 그들의 앞을 막아선 한국의 기갑부대가 강력한 것인지 정확하게 알 수는 없지만, 결과만 놓고 보자면 그들은 10여 대의 전차만 남기고 전멸했다.

이는 가장 먼저 한국의 제7기동군단과 전투를 벌인 79집단군보다 더한 피해였다.

79집단군은 중간에 항복을 함으로써 상당수의 병사들이라도 포로로 살릴 수 있었지만, 80집단군의 지휘관은 어떤 작전을 펼친 것인지 본인은 물론이고 두만강을 넘어가다 10여 대의 전차만 남기고 전멸해 버렸다.

이로 인해 한국의 제7기동군단의 기갑 전력 중 일부는 두만강을 넘어 연변 조선족 자치주까지 들어왔다.

이러한 사실을 알기에 소샤오린은 자신을 질타하는 자오지엔 상장을 보면서 반박할 수 있었다.

"누가 그러지 않았나, 전쟁은 늙은 것들의 고집이 만든 최악의 결과물이라고. 현 지도부가 한국의 전력을 오판함으로써 우리 중국의 젊은 피들이 너무도 많이 황야에 뿌려졌다."

격정적인 소샤오린의 말에 이를 듣고 있던 자오지엔 상장은 순간적으로 할 말을 잃어버렸다.

솔직히 그가 생각하기에도 이번 전쟁은 명분이 없는 전쟁이었다.

"그런데 그거 아십니까? 이번 전쟁이 벌어진 원인을 말입니다."

머릿속에 든 생각을 모두 쏟아 냈기 때문인지, 소샤오린은 자신보다 나이도 많고, 계급 또한 높은 자오지엔 상장을 보며 말투를 누그러뜨렸다.

"원인? 그거야 북한이 조약을 들어 구원 요청을 했기 때문에 벌어진 것 아닌가……."

자오지엔 상장은 자신이 알고 있는 사실 그대로 이야기하였다.

하지만 자신에게 전쟁의 원인을 묻는 소샤오린 대교의 표정 때문에 자신이 알고 있는 것과 다를 수도 있다는 생각이 들어 점점 말끝을 흐렸다.

"많은 장교들이 그렇게 알고 있지만, 사실이 아닙니다."

"사실이 아니다… 그럼 사실은 뭔가?"

자오지엔 상장은 자신이 누군가에게 속았다고 하는 소샤오린의 이야기에 다그치듯 물었다.

"중앙은 오래전부터 한반도에 욕심을 내고 있었습니다."

소샤오린은 자신이 알고 있는 진실에 가까운 이야기를 들려주었다.

진보국 주석 이전의 주석들부터 시작된 계획에 대해

서 말이다.

이는 자오지엔 상장도 일부 알고 있는 내용이기도 했다.

"지도부는 오래전부터 한반도 전체는 힘들지만, 북한 지역은 기회가 된다면 편입을 하려고 계획을 짰습니다. 그래서 북한 지도부에 친중파를 심어 놓고 기회를 보았고……."

북한이 어떻게 해서 한국에 무력 도발을 하게 되었는지를 모두 이야기한 소샤오린 대교였고, 이를 모두 들은 자오지엔 상장은 순간 할 말을 잃어버렸다.

북한이 느닷없이 한국을 상대로 휴전선에서 무력 도발을 한 이유도 그렇고, 조중 수호조약을 빌미로 북한 지역으로 인민 해방군이 움직인 이유를 알게 된 자오지엔 상장의 표정은 급격히 굳어졌다.

중앙 지도부의 욕심 때문에 명분도 없는 전쟁에 자국의 장병들이 희생된 사실을 알게 되자, 그는 참혹한 현실을 마주할 기력이 없어져 버렸다.

자신은 조국이 전쟁 중인 상황에서 자중지란과도 같은 행위를 벌이는 소샤오린 대교를 보며 호통을 쳤는데, 정작 잘못은 자신이 속한 파벌에서 벌인 욕심 때문이었다는 진실을 듣게 되자 힘이 빠진 것이었다.

"몇몇의 욕심으로 인해 조국의 젊은이들이 흘릴 피를

생각한 저는 그대로 침묵하고 있을 수가 없었습니다. 그래서 도움을 요청했습니다."

"도움?"

순간 상황에 맞지 않는 이상한 단어에 자오지엔 상장은 눈을 부릅뜨며 의문을 표했다.

그런 자오지엔 상장을 보며 소샤오린은 고개를 돌려 아직까지 조용히 서 있는 수호를 보며 이야기를 계속 늘어놓았다.

"저희 가문만으로는 흘릴 피를 감당할 수가 없어 한국에 손을 내밀었습니다."

"뭐라고?"

"자오지엔 상장께서는 한국의 힘이 얼마나 된다고 생각하십니까?"

느닷없는 질문이었다.

소샤오린은 그를 직시하며 당신이 알고 있는 한국군의 전투력은 얼마나 되냐고 물은 것이다.

어깨에 세 개의 별을 얻고 있는 상장 계급의 자오지엔에게 소샤오린 대교는 군인으로서, 지휘관으로서 적을 얼마나 알고 있는지 물어본 것이었다.

하지만 순간적으로 당황한 나머지 대답을 하지 못하는 자오지엔 상장을 보며 소샤오린은 맹수가 그르렁거리듯 말을 씹으며 이야기하였다.

"저들은 마음만 먹으면 언제라도 우리 지도부를 처리할 수 있는 능력을 가지고 있습니다. 상장께서도 경험하지 않으셨습니까?"

이야기를 하면서 슬쩍 수호를 돌아보았다.

그런 소샤오린의 모습에서 자오지엔 상장은 저도 모르게 수호가 있는 쪽을 쳐다보았다.

아직까지 정체를 알 수 없는 그를 보면서 뭔가 생각이 났다는 듯 눈이 커졌다.

'설마…….'

자신의 부대에 혼란을 야기하고, 지휘부에 침투하여 자신들을 제압한 의문의 존재를 보면서 조금 전 소샤오린 대교가 무슨 말을 하려는 것인지 깨달은 것이었다.

지금까지 정체를 알 수 없던 존재를 두고 자오지엔은 미국의 특수부대를 생각하고 있었다.

그 때문에 얼굴을 보여 주지 않고 있다고 생각했다.

하지만 조금 전 소샤오린의 이야기를 듣다 보니 자신이 잘못 생각하고 있었다는 것을 깨달았다.

"그럼, 설마……."

"맞습니다. 그는 한국인입니다."

"한국인?"

"예, 하지만 군인이 아니고 민간인이지요."

소샤오린은 마치 판사가 선고를 하듯 자오지엔 상장

을 보면서 그리고 수호를 돌아보며 그렇게 이야기하였다.

민간인.

지금 상황과는 전혀 매치가 되지 않는 단어였지만, 소샤오린은 자신의 앞에서 황망히 보고 있는 자오지엔 상장을 굴복시킬 수 있는 방법을 생각하다 그 단어를 말했다.

군인도 아닌 민간인에게 기지 전체가 제압이 되었다.

이를 어떻게 생각할 것인지, 소샤오린은 느긋한 마음으로 기다렸다.

＊　　　　＊　　　　＊

중국 북경 인민 회의장.

군복을 입은 군 지휘관들이 많이 모였다.

이들이 모인 이유는 연일 계속되는 패전 때문이었다.

세계 군사력 순위 3위의 중국, 그에 반해 상대는 군사력 순위 6위인 한국.

이것만 보면 누구나 예상할 수 있었다.

세계 3위의 군사력을 지닌 중국이 당연하게 순위 6위의 대한민국을 이길 것이라고 말이다.

더욱이 이 순위는 핵무기를 뺀 재래식무기만 파악한

순위였다.

그러니 어떤 경우에서도 중국이 한국을 압도하는 것이 맞았다.

하지만 현실은 그렇지 못했다.

전쟁은 게임이 아니다라는 것을 여실히 보여 준 결과라 할 수 있었다.

한국의 몇 배나 되는 장비와 군인들을 보유한 중국군임에도 불구하고, 중국의 기갑 전력과 세계 최강 미국 해군을 능가할 것이라 자부하던 동해함대가 괴멸적인 타격을 입고 기지로 회군을 했다.

이 때문에 패전의 책임으로 많은 수의 지휘관들이 경질되었다.

특히나 동해함대의 사령원은 패전의 책임을 지고 군복을 벗었다.

하지만 내용을 살펴보면 자진해서 군복을 벗은 것이 아니라 군사위에서 패전의 책임을 물어 강제로 예편을 시킨 것이었다.

그것만이 자신들의 잘못을 감출 수 있다고 말이다.

물론 사정을 잘 알고 있는 이들은 정확한 정보도 주지 않고, 그저 육군의 패전을 만회하기 위해 급하게 출격을 시킨 결과라 판단하고 있었다.

즉, 모든 것이 중앙정부에서 잘못 판단한 결과란 것

이었다.

그래서 오늘 육군에 이어 해군의 패전에 대한 질타와 이제는 국경을 넘고 있는 한국의 제7기동군단에 대한 대비책을 논의하는 자리가 만들어졌다.

하지만 회의 내용은 진행이 될수록 점점 산으로 가고 있었다.

대비책을 마련해도 부족할 시간에 회의가 길어질수록 한국에 대한 성토로 흘러갔다.

"건방진 팡쯔를 이대로 둬선 안 됩니다."

"맞습니다. 가우리 팡쯔에게 둥펑의 맛을 보여 줘야 합니다."

급기야 핵탄두를 탑재할 수 있는 둥펑(DF) 탄도미사일을 사용해야 한다는 말까지 나왔다.

그동안 자신들이 개발한 무기들이 세계 최장의 성능을 자랑한다고 떠들던 이들이, 한국과의 전쟁에서 연일 패퇴를 하고 있는 것에 정신을 차리지 못하고 인류 최악의 무기라 할 수 있는 핵무기를 사용하려고 하는 것이었다.

"둥펑이라면 한국은 물론이고, 한국과 동맹인 미국도 함부로 움직이지 못할 것입니다."

"맞습니다. 우리가 한국에 밀리는 조짐이 보이자, 인도와 베트남 등지에서 불온한 움직임이 보이고 있습니다. 그러니 그들에게 경고를 하는 것을 겸해서 본때를 보여 줘야 합니다."

여기저기서 둥펑 미사일을 이용해 한국과의 전쟁을 반전시키고, 국경분쟁을 하고 있는 나라들이 잘못된 선택을 하는 순간 너희도 불의 심판을 받을 수 있다는 경고를 해야 한다는 목소리가 흘러나왔다.

쾅!

여기저기서 한국을 성토하고 핵무기를 사용해서라도 전쟁의 방향을 반전시켜야 한다고 떠들고 있을 때, 느닷없이 상석에 앉아 있던 진보국 주석이 얼굴 표정을 굳히며 단상에 주먹을 내리쳤다.

그 때문에 한참 성토를 하던 중앙군사위 위원들은 한순간에 조용해졌다.

인민 회의장에 모인 중앙군사위 위원들은 상석에 앉아 있는 진보국을 쳐다보았다.

무슨 일 때문에 엄숙한 중앙군사위 회의에서 이런 행동을 하는 것인지 이유를 알 수 없었기 때문이다.

그가 아무리 중앙군사위 서기라 하지만, 이 자리에 있는 모든 위원들이 들고 일어나면 그 자리를 유지하는 것은 어려운 일이었다.

그도 그럴 것이, 이 자리에 있는 이들은 모두 중국 권력 순위 1,000위 내에 있는 이들이었기 때문이다.

물론 이 안에는 진보국의 열렬한 지지자도 있지만, 그의 반대파 또한 존재하니 아무리 진보국이라 해도 중앙군사위 회의에서는 예의를 지켜야 만했다.

하지만 그런 자리라도 방금 전 보좌관이 전달한 소식을 듣고 화를 내지 않을 수가 없었다.

진보국이 이렇게 중요한 자리에서 화를 낸 것은 다름 아닌 북부전구에 포진된 로켓군 기지들이 모두 통신 두절이 되었기 때문이다.

다른 곳도 아니고 중국 인민 해방군에서 가장 강력한 화력을 가지고 있는 곳이 바로 로켓군이었다.

그런데 이런 전략 로켓군 중 심양을 중심으로 한 전략 로켓군이 전부 통신이 두절이 된 상태였다.

전시 상황에서 연락이 두절이 되었다는 것은 무엇을 뜻하겠는가.

이는 최악의 경우, 적의 손에 전략 로켓군이 들어갔다는 것일 수도 있었다.

더욱이 65기지가 있는 심양 인근에 한국의 제7기동군단이 압록강을 넘어왔다는 보고를 받은 직후였다.

진보국으로서는 최악을 상황을 생각하지 않을 수가 없었다.

'65기지가 한국의 손에 넘어갔다면, 다롄과 통화의 연대는… 설마 라이우도……'

보좌관의 보고에 따르면 65기지는 물론이고, 그 예하 651~656여단까지 모두 통신이 두절되었다고 했다.

전략 로켓군 기지와 예하 여단이 적의 손에 떨어졌다면, 자신들이 핵무기를 사용한다면 저들도 똑같이 보복으로 핵무기를 자신들에게 발사할 것이었다.

이런 생각을 하자 진보국의 머릿속에 초토화된 중국의 모습이 떠올랐다.

'안 돼!'

아무리 다른 사람의 생명을 경시하는 중국인이라지만, 진보국은 조국이 핵전쟁으로 초토화된 모습을 떠올리기 싫었다.

"무슨 일입니까?"

무슨 생각인지 수시로 얼굴 표정이 바뀌는 진보국의 모습을 확인한 펑더화 국방부장이 물었다.

"65기지와 여단들이 통신 두절되었다."

진보국은 2인자인 펑더화의 질문에 작은 목소리로 보좌관에게 들은 정보를 들려주었다.

"아니, 그게 무슨……."

펑더화는 진보국의 이야기를 듣고는 깜짝 놀랐다.

그 또한 그게 어떤 의미인지 깨달았기 때문이다.

평상시도 아니고 현재 중국은 한국과 전쟁을 벌이고 있었다.

그런데 전장이 된 곳과 불과 얼마 떨어지지 않은 곳에 주둔하고 있는 로켓군 기지와 통신이 두절되었다는 것이 무엇을 뜻하는지 알지 못하는 이는 이 자리에 아무도 없었다.

웅성! 웅성!

국가 주석이자, 중앙군사위 주석인 진보국이 작게 이야기를 했다곤 하지만, 그의 앞에 놓여 있는 마이크가 켜져 있다는 사실을 잠깐 깜빡하고 말았다.

중앙군사위 위원들의 숫자가 1,000명이나 되다 보니 이들이 모이는 회의장은 너무도 넓었다.

그렇기 때문에 이들의 앞에는 모두가 들을 수 있게 마이크가 설치되어 있었다.

스피커를 통해 진보국이 부주석이자, 국방부장의 자리에 있는 펑더화에게 하는 소리를 들은 군사 위원들은 깜짝 놀라 웅성거리기 시작했다.

방금 진보국의 말은 그곳에 있는 로켓군의 기지와 부대들이 한국의 손에 넘어갔을 수도 있다는 이야기였다.

그렇다면 조금 전까지 자신들이 주장하던 한반도로 탄도미사일을 발사한다는 논의는 무의미해진 것이나 다름이 없었다.

그도 그럴 것이, 65기지 예하 여단들에는 중국 전 국토를 사거리에 둔 DF—21 탄도미사일과 DF—36 탄도미사일이 배치되어 있었기 때문이다.

중국이 아무리 넓은 영토를 가지고 있다고는 하지만, 65기지 예하 여단이 보유한 핵폭탄 전력만으로 초토화시키고도 남았다.

그러다 보니 이제는 한국을 상대로 핵무기를 사용해서라도 전쟁을 승리로 이끌자는 말을 할 수가 없게 되었다.

＊　　　＊　　　＊

[마스터, 현재 중국의 진보국 주석이 중앙군사위 회의를 하고 있는데… 이곳의 소식이 전해졌습니다.]

슬레인은 계획한 대로 북부전구에 위치한 전략 로켓군에서 벌어진 일이 중국 중앙군사위에 전해졌다고 보고했다.

처음 소샤오린 대교는 이런 정보 누설에 대해 극히 예민하게 반응을 하였다.

자신을 비롯한 소씨 군벌에서 중앙에 반기를 들고 전략 로켓군을 장악한 사실이 알려진다면, 결코 무사하지 못할 것이라 판단했기 때문이다.

물론 그의 생각도 일리가 있었다.

하지만 수호의 계획은 그보다 더 몇 수 앞서 있었다.

북부전구에 있는 전략 로켓군 기지와 부대들이 동시에 통신이 끊겼다면, 가장 먼저 의심을 하는 대상은 바로 인근에서 전투를 벌이고 있는 한국군이 될 것이었다.

수호는 이 점을 이용해 일단 진보국이나, 중국 중앙군사위에서 비이성적인 결정을 하지 못하게 만들기로 한 거였다.

그래서 정보를 숨겨도 모자랄 일을 일부러 중앙군사위에 들어가게끔 흘렸다.

그리고 정보가 잘 전달이 됐는지 확인하기 위해 슬레인이 직접 감청하도록 지시를 내렸다.

"지금쯤이면 북경으로 전달이 되었겠군."

슬레인에게 분명 보고를 받았지만, 마치 모르는 것처럼 자연스럽게 연기를 하였다.

한편 느닷없이 수호가 이상한 말을 하자, 그와 대화를 나누고 있던 소샤오린은 고개를 갸웃거리며 물었다.

"뭐가 말인가?"

이미 한 배를 타서 그런지, 두 사람은 나이를 떠나 친구처럼 편하게 대화를 하고 있었다.

"여기 말이야. 일부러 정보를 흘렸는데, 진보국 주석과 그 파벌에게 지금쯤이면 전달이 되었을 것이라고."

별거 아니라는 듯 수호는 가볍게 상황을 설명했다.

"아!"

대답을 들은 소샤오린은 감탄을 터뜨리며 고개를 끄덕였다.

"모든 정보가 흘러간 것은 아니지만, 그들은 아마도 이곳을 한국군의 공격 내지는 점령했을 것이라고 판단을 할 게 빤해."

수호는 중앙군사위를 열고 있는 자리에서 진보국 주석에게 정보가 전달이 되게 하였다.

그리고 그곳에서 어떤 논의가 되고 있을지도 예상하고 있었다.

그렇기에 정보를 그 시간에 맞춰 진보국의 귀에 들어가게 만든 것이었다.

이는 보통이라면 어려운 일이겠지만, 오래전부터 중국 내에 스파이웨어를 깔아 놓았기에 가능한 일이었다.

사실상 중구 내 정보는 수호의 손바닥에 있는 것이나 다름이 없었다.

"그렇다면……."

"그래. 핵무기를 이용한 최악의 상황은 막은 것이지."

수호는 무엇을 물어보는지 알고 있다는 듯 소샤오린의 말을 중간에 끊고 대답을 들려주었다.

이제는 최악의 상황을 막은 것이나 다름이 없었다.

수호나, 중국인인 소샤오린 모두 이것만큼은 막아야 한다는 생각이 일치했기에, 가장 먼저 전략 로켓군 기지와 부대를 첫 타깃으로 삼은 것이었다.

전쟁이란 서로의 이견이 맞지 않아 서로를 파괴하는 행위였지만, 재래식무기만으로 치러지는 전쟁에는 한계가 있었다.

하지만 핵무기가 동원이 된 전쟁에서는 그런 한계가 불분명해진다.

더욱이 현대의 탄도미사일은 거리마저 무시하고, 지구 반대편에 있는 나라도 초토화시킬 수 있을 정도로 그 한계가 없어졌다.

그리고 핵전쟁이 무서운 이유는 핵폭탄이 터진 이후였다.

폭발 당시에도 상당한 폭발력과 화염으로 넓은 파괴력을 자랑하건만, 폭발 이후 2차, 3차 피해는 이루 말할 수 없을 정도로 끔찍한 결과를 만든다.

방사능 오염이 바로 그것이었다.

행운으로라도 핵폭발에서 살아남게 된 사람은 그 뒤로 심각한 후유증에 시달리게 될 터.

그런데 그 후유증은 당사자만 해당되는 것이 절대 아니라, 그에게서 유전자를 물려받은 2세, 3세에도 영향을 미친다.

그런 예는 인류 최초로 원자폭탄을 맞은 일본의 나가사키와 히로시마의 원폭 피해자들에게서 보았고, 핵 공격은 아니지만 옛 소련 시절 체르노빌에서 발생한 원자력발전소 폭발 사고에서도 알 수 있었다.

수많은 피해자들이 방사능에 노출이 되어 방사능 오염으로 인해 고통에 시달린 것은 물론이고, 그 자손들도 기형으로 태어나 죽는 순간까지 고통에 시달렸다.

대기 중 핵폭발은 재래식무기처럼 그 지역에서만 피해가 국한된 것이 아니었다.

핵폭발의 무서움은 바람을 타고 방사능에 오염된 먼지, 즉, 낙진이 이동을 한다는 것이었다.

그렇게 되면 핵 공격을 당하지 않더라도 공격을 받은 것처럼 다른 지역에서도 비슷한 피해를 입게 된다.

그래서 소샤오린인 수호의 제안에 수긍한 것이었다.

현 중국의 지도부는 UN에서 금지한 핵무기를 사용할지도 몰랐으니까.

중국인은 자신의 체면을 그 무엇보다도 중요하게 생각하는 민족이었다.

그렇기에 다른 사람의 시선을 의식해 겉을 꾸미고, 무시를 받지 않기 위해 위압적으로 행동을 한다.

자신을 한껏 치켜올리고 다른 나라를 내리누르면서

자신과 자신의 조국이 남들보다 우위에 있다고 믿었다.

그리고 그것을 마치 애국이라 믿고 있었다.

그런데 그 안을 들여다보면 그것은 국제관계에서 전혀 쓸데없는 일이 아닐 수 없었다.

물론 애국심이란 것은 있으면 좋은 것이다.

하지만 많은 사람들이 애국심을 오해하고 있었다.

애국심(愛國心).

이는 한자로 보면 자신의 나라를 사랑하는 마음이라고 읽을 수 있다.

하지만 그건 당연한 것이고, 진정한 애국심이란 사익과 공익이 부딪혔을 때, 개인적 이익인 사익을 포기하고 공익을 따르는 것이었다.

자신의 이득을 포기함으로써 공공의 이익을 넓히는 일.

그것이 바로 진정한 애국심이라 할 수 있었다.

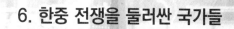

6. 한중 전쟁을 둘러싼 국가들

아시아 대륙 동쪽 끝에서 전쟁이 발발했다.

동북아시아의 강국인 중국과 한국이 처음에는 북한 지역을 두고 전쟁을 벌였다.

처음 이를 접한 세계인들은 세계 군사력 순위 3위인 중국이 쉽게 이길 것이라 예상했다.

하지만 막상 뚜껑을 열고 보니 결과는 모두의 예상을 뒤엎고 대한민국이 중국을 압도했다.

크게는 육군과 해군의 대전에서 승리를 하였고, 국지전에서는 일방적으로 중국의 지상군을 몰아붙여 국경인 압록강과 두만강 이북으로 중국군을 밀어 넣었다.

대한민국의 제7기동군단은 이에 그치지 않고, 급기야 중국의 영토인 동북 3성으로 넘어갔다.

한반도 내 북한 지역에서의 승리에 심취한 한국인들은 처음에는 엄청나게 환호했다.

하지만 뒤늦게 정신을 차린 사람들 중 무리하게 국군이 월경을 했다고 성토를 하는 이들도 있었다.

그도 그럴 것이, 중국 인민 해방군과 한국 국군을 비교하면 눈으로 보이는 수치에서 벌써 다섯 배 이상의 전력 차이를 보이고 있었기 때문이다.

이는 누구나 할 수 있는 판단이었다.

그렇지만 이들은 겉으로 보이는 전력 차이만 생각했지, 대한민국 군이 그동안 얼마나 발전을 했는지, 그리고 신무기들을 얼마나 능숙하게 다루고 있는지 알지 못했다.

이는 오래전부터 국군이 한반도 통일은 물론이고, 동북 3성으로 일컬어지는 민족의 고토를 회복하기 위해 얼마나 노력했는지 모르기 때문에 하는 생각들이다.

＊　　　＊　　　＊

인도의 신임 국방 장관은 긴급히 각 군의 사령관들을 불러들여 회의를 진행하였다.

그가 군 사령관들을 불러 모은 이유는, 다름 아닌 1962년에 중국의 기습적인 공격으로 인해 잃어버린 카슈미르주와 악사이친주 일부를 되찾기 위해서였다.

선전포고도 없이 국경을 침범한 중국 인민 해방군으로 인해 당시 파키스탄과 전쟁을 벌이고 있던 인도는 느닷없는 기습에 당하고 말았다.

그 뒤로 인도는 잃어버린 영토를 되찾기 위해 많은 노력을 하였지만, 양옆으로 적을 두고 혼자서 전쟁을 치르는 격이라 되찾기 힘들었다.

그런데 드디어 기회가 찾아왔다.

이전에도 중국에 강제로 편입된 티벳과 위구르인들이 독립을 위해 무장투쟁을 하는 것 때문에 중국의 서부전구가 어수선하기는 했지만, 핵무기를 보유한 두 나라다 보니 쉽게 국경을 넘을 수 없었다.

하지만 이젠 아니었다.

현재 중국은 동쪽 끝에서 자신들만큼이나 강력한 군사력을 보유한 한국과 전쟁을 치르고 있었다.

한국이 강한 건 알고 있었지만, 중국에게는 힘들 거라고 판단하고 있었다.

그런데 그게 아니었다.

오히려 예상 밖으로 한국군은 무척이나 강력한 무력을 선보이며 연전연승을 하는 중이었다.

즉, 중국은 아주 정신이 없다는 소리였다.

더욱이 자신들과 국경을 맞대고 있는 지역보단 한국과 국지전을 벌이고 있는 지역이 수도와 더 가까이 있어 더욱 그러한 것이라 판단했다.

"지금이 기회라 봅니다."

자왈리 육군 사령관은 부리부리한 눈을 부릅뜨며 이야기하였다.

"다른 장군들은 어떻게 생각합니까?"

신임 국방 장관인 시트라만은 입가에 미소를 지은 채 주위를 둘러보며 물었다.

그 또한 육군 사령관이 자왈리 대장과 같은 생각을 하고 있었기 때문이다.

"파키스탄이 문제이긴 하지만, 기회인 것은 맞습니다."

다른 군 장성들도 자왈리 사령관의 말에 동조하며 고개를 끄덕였다.

"모두 같은 생각을 하고 있는 것 같은데, 그럼 우리가 준비해야 할 것은 뭐라고 생각합니까?"

회의에 참석한 군 장성들이 모두 자신과 같은 생각을 하고 있는 것을 알게 된 시트라만 국방 장관은 자신이 준비해야 할 것에 대해 물었다.

"준비할 것이라… 그동안 군에서 준비한 것으로도 충

분하겠지만, 여유가 된다면 바즈라(K—9 인도 버전)에 사용할 장거리 포탄을 구해 주십시오."

인도군 포병대장인 나르말린 대장이 대답을 하였다.

"장거리 포탄이라… 부족합니까?"

인도 육군이 보유한 강력한 화력 중 하나인 바즈라의 포탄을 구해 달라는 나르말린 대장의 요구에 시트라만 장관은 관심을 표했다.

"현재 군이 보유한 포탄은 최대 사거리 100㎞짜리 포탄을 보유하고 있는데, 한국에선 이것을 개선해 사거리 300㎞의 신형 포탄이 생산되고 있다고 합니다."

"사거리 300㎞요?"

시트라만 장관은 사거리가 무려 300㎞라는 소리에 깜짝 놀랐다.

포탄의 사거리가 300㎞라는 것은 단거리 미사일이나 다름이 없었기 때문이다.

더욱이 인도 육군에는 바즈라가 300대가 있었다.

원래는 바즈라를 100대만 생산하려 했지만, 생산을 하고 보니 그 성능이나, 신뢰도에 반해서 200대를 더 생산했다.

한국이 개발한 155㎜ 자주포인 K—9 썬더를 인도 자체 내에서 면허 생산을 하였지만, 그동안 인도가 생산한 무기 중 가장 성공적인 사례로 평가되는 것이 바로 바즈라였다.

거기에 한국에서 100㎞ 사거리 연장탄이 개발이 되어 긴급 도입을 하기도 했다.

중국과 파키스탄과 맞닿는 국경에서 연일 무력 충돌이 벌어지고 있기에, 이를 지원하기 위해선 최대한 사거리가 긴 포탄이 필요했기 때문이다.

그런데 사거리가 100㎞도 아니고, 그 세 배나 되는 300㎞짜리 포탄이 있다니.

"그런 것이 있었습니까?"

원래부터 군과 관계된 장관이 아니다 보니, 시트라만 국방 장관은 무기에 대해 그리 많이 알고 있지 않았다.

그래서 순수하게 자신이 모르는 것을 인정하고 물어본 것이었다.

"한국군에는 더한 것도 있다고 하지만, 현재 저희에게 당장 필요한 무기는 장거리 포탄이면 충분할 것 같습니다."

어차피 중국과 전면전을 벌일 것이 아니기에, 나르말린 대장은 그렇게 대답을 했다.

"알겠습니다. 그건 제가 책임지고 처리하겠습니다."

시트라만 장관은 그렇게 군 장성들과의 회의를 마치고, 급히 총리 관저로 향했다.

군 장성들과 한 회의 내용을 총리에게 보고를 하고,

또 장성들이 필요로 한 무기를 수입하기 위해선 허락을 받아야 만했기 때문이다.

✻   ✻   ✻

인도가 한중 전쟁을 기회로 1962년에 잃어버린 영토를 되찾기 위해 전쟁 준비를 하고 있을 때, 대만에서도 그와 비슷한 회의가 열리고 있었다.

얼마 전까지만 해도 하나의 중국을 표방하며 대만을 통일하겠다고 위협을 가하던 중국군이, 더 이상 자신들을 위협하지 않고 있는 것에 대해 어떻게 할지 논의를 하기 위해서였다.

"현재 대륙의 위협은 사라졌습니다. 하지만 그렇다고 해서 우리의 안전이 확보되었다는 것은 아닙니다."

차잉원 총통은 굳은 표정으로 각 군 장군들을 보며 말을 꺼냈다.

그러면서 현재 벌어지고 있는 중국과 한국의 전쟁에 대해 언급했다.

"지금 대륙은 한국과 전쟁을 하는 중이라 우리를 잠시 놔두는 것뿐이지, 우리를 잊은 것은 아닙니다."

대만 총통인 차잉원은 현 상황이 폭풍 전의 평화란 것을 잘 알고 있었다.

당장 급한 한국과의 전쟁이 종식이 된다면, 중국은 다시 하나의 중국을 표방하며 자신들을 위협할 것이 분명했다.

그러기 전에 대만은 대책을 세워야 만했다.

이전에도 한국으로부터 신형 전투기를 라이선스 생산을 하고, 또 장거리 포탄 구매와 함께 라이선스 계약을 하여 생산하고 있는 중이었다.

또 이면 계약으로 비대칭 전력인 잠수함 건조에서 도움을 받기도 했다.

한국은 중국과 외교 문제로 비화될 수 있는 위험을 감수하고 자신들에게 잠수함 기술을 일부 넘겨주고 또 설계하는 것까지 도와주었다.

중간에 일본의 농간으로 인해 대륙(중국공산당)에 정보가 흘러 들어가 자칫 잠수함 건조가 불발로 끝날 수도 있었지만, 우여곡절 끝에 건조가 완료되었다.

비록 VLS(수직 발사 장치)는 갖추지 못했지만, 그래도 충분히 중국의 잠수함과 맞상대 할 수 있을 정도로 성능이 우수한 잠수함을 갖게 된 것이다.

그러니 한국에 받은 도움을 갚기 위해서라도, 혹은 자신들의 안전을 위해서라도 이번 기회에 확실하게 중국에 타격을 입히고 대만의 독립을 이뤄야 한다고 판단했다.

"지금이 기회입니다."

"맞습니다. 대륙이 한국과 전쟁을 하고 있는 지금이 우리가 독립을 할 수 있는 절호의 기회입니다."

차잉원 총통의 말에 여기저기서 대만 독립에 대한 말이 나왔다.

중국의 위협으로부터 대만이 안전하게 독립을 할 수 있는 기회는 많지 않다는 공감대가 형성이 되면서 군 장성들은 목소리를 점차 높여 갔다.

"마침 인도에서도 지금이 기회라 생각했는지 카슈미르주와 악사이친주를 되찾기 위해 준비를 하고 있다고 합니다."

"아니, 인도도 말입니까?"

"네. 그런데 필요한 물자가 있어 저희에게 요청을 해 왔습니다."

인도는 카슈미르주와 악사이친주를 되찾기 위해 준비를 하는 과정에서 사거리 300㎞의 장거리 포탄이 필요했다.

하지만 이를 위해 한국 정부에 의뢰를 하였지만, 거절을 당했다.

그도 그럴 것이, 현재 한국은 중국과 전쟁을 치르는 중이라 무기 판매를 금지하고 있었다.

아니, 오히려 한국 정부가 인도에 무기 판매 요청을

할 정도였다.

이에 어쩔 수 없이 다른 방법을 궁리하다가 대만이 한국으로부터 155㎜ 장거리 포탄을 라이선스 생산하고 있다는 것을 알게 되었다.

그러다 보니 인도 정부가 대만에 사거리 300㎞의 장거리 포탄을 구매 요청하는 것은 당연한 수순이었다.

"인도도 나섰다면 확률이 더욱 올라가겠는데요."

대만은 중국의 위협으로부터 나라를 지키기 위해 많은 노력을 했다.

한때는 UN의 상임이사국이 된 중국의 눈치를 보느라 대만에 무기를 판매하지 않는 국가들 때문에 정말로 중국에 흡수될 뻔했다.

하지만 이제는 그렇지 않았다.

아직까지 중국과 전면전을 할 수 있는 전력은 아니지만, 그렇다고 예전처럼 한순간에 중국군에 무너질 것이란 평가를 받을 정도는 아니게 된 것이다.

미국으로부터 F—16V 육십네 대를 들여오고, 기존의 F—16A/B형을 최신 사양인 F—16V 버전으로 업그레이드를 한 것이 50대, 그리고 한국으로부터 라이선스 생산을 한 TFA—01이 180여 대가 생산이 되었다.

이는 구형인 미라주 2000(46대), F—5E/F(26대), 그리고 첫 국산 전투기인 F—CK—1(103대)을 대체하는 수량이었다.

여기에 기존 155㎜ 곡사포와 자주포를 신형으로 개량을 하고, 한국으로부터 사거리 300㎞의 장거리 포탄을 라이선스 생산하였다.

다만, 아쉬운 것이 있다면 해군 전력이었다.

육군과 공군은 그나마 최신형으로 전력이 업그레이드된 것과 다르게 해군은 전력을 업그레이드하지 못했다.

그도 그럴 것이, 군함의 경우에는 어느 나라도 대만에 판매를 하려는 나라가 없었기 때문이다.

물론 육군과 공군 전력의 향상을 위해 예산을 집행하느라 해군까지 업그레이드하기에는 예산이 부족한 감이 없지 않았기에, 이는 어쩔 수 없는 일이었다.

당시 상황만 해도 중국 인민 해방군이 대만을 침공하는 것을 막아 내는 것이 우선인 때에, 한 척 건조를 하는 데에도 몇 년씩 걸리고, 운항 테스트다 해서 또다시 몇 년을 소모하는 군함 건조는 다른 전력에 비해 순위가 밀리는 것은 당연한 일이었다.

그러다 보니 전력의 불균형이 발생하기는 했지만, 차잉원 총통이나, 군 관계자들은 어쩔 수 없는 일이라 생각했다.

"좋은 기회이기는 하지만, 대륙에는 다섯 개의 전구가 있습니다."

한참 분위기가 좋았으나, 외무부장인 우자오세가 우려 섞인 말을 꺼냈다.

중국이 한국과 전쟁을 벌이고 있고, 서쪽에서는 인도가 중국에 전쟁을 벌이기 위해 준비를 하는 중이었다.

대만의 입장에선 독립을 하기에 이보다 좋은 때가 없을 것이었다.

하지만 우자오세는 중국 인민 해방군의 규모에 대해 우려를 하지 않을 수가 없었다.

이전에는 일곱 개의 군벌로 이루어졌지만, 현재는 이를 현대화하여 대륙을 다섯 개의 전구로 개편을 하였다.

즉, 담당 구역을 배정하고 체계화했다는 소리다.

또한 한 개의 전구에는 육해공, 모든 병과가 들어 있어, 하나의 독립된 국가의 전력이나 다름이 없었다.

이런 다섯 개 전구 편제에서 대만이 상대해야 할 동부전구의 전력은 대만이 상대하기에는 너무도 벅찬 상대였다.

바다를 경계로 위치해 있기에 육군 전력은 비교할 필요 없지만, 동부전구의 해군과 공군은 대만 입장에선 위협이 아닐 수 없었다.

그나마 다행인 점은 대만 공군의 전투기들이 모두 4.5세대로 이루어졌다는 것.

300대 가까운 대만 공군의 전투기들은 F—16V급 사양의 전투기와 TFA—01로 이루어져 있었다.

그러니 공군력에서는 크게 밀리지 않았다.

다만, 동부전구의 해군 항공대가 문제였다.

이들이 동부전구의 공군과 함께 밀려들면, 아무리 4.5세대 전투기로 구성된 공군이라 하여도 수에서는 어쩔 수가 없었다.

다만, 중국 공군의 훈련 수준이 태국 공군에도 밀린다는 점에 어느 정도 위안을 삼아야 만했다.

"물론 그렇기는 하지만, 들어오는 정보에 의하면 충분히 해볼 만합니다."

그가 무엇을 걱정하는지 잘 알고 있다.

중국의 다섯 개 전구는 막강한 전력이었다.

하지만 현재 그들은 자신들에게 모든 전력을 집중할 수 없는 상황.

중부전구에 이어 최정예라 하던 북부전구는 한국군에 의해 연일 패배를 하고 있었고, 서부전구의 경우 위구르인과 티벳인들의 독립운동으로 인해 무척이나 혼란스러운 상태였다.

그렇다고 남부전구가 온전한 것도 아니었다.

몇 년 전부터 남부전구가 위치한 광둥성, 광시 쫭족 자치구, 후난성, 하이난성, 윈난성 등에서 소수민족들의 독립운동이 일고 있었기 때문이다.

티벳이나, 위구르 자치구처럼 강력하지는 않지만, 독립운동이 아예 일지 않는 것도 아니었다.

그러니 남부전구에 주둔 중이 인민 해방군 부대나, 무장 경찰 부대는 자리를 비우며 다른 전구를 지원하기 힘들었다.

중국은 겉으로 보이는 것보다 결속이 그렇게 강하지 못했다.

그러니 대만이 독립을 할 수 있는 기회는 지금이 최적의 시기였다.

*   *   *

똑똑똑!

늦은 저녁, 어둠을 뚫고 허름한 시골집에 도착한 사내 두 명은 조심스럽게 주변을 살피다 나무로 만들어진 문을 두들겼다.

"누구요?"

문 안에서는 거친 남자의 호통 소리가 들려왔다.

그도 그럴 것이, 이제 하늘은 달도 높이 떠 어두운 고원을 비추고 있는 시각이었기에, 누군가의 집을 방문하기에는 늦은 시간이었기 때문이다.

"라오칸, 동쪽에서 반가운 친구가 찾아왔는데, 반갑지 않은가 봅니다."

추운 고원의 밤바람을 뚫고 이곳에 도착한 사내는 차가운 공기를 막기 위해 얼굴에 두르고 있던 머플러를 풀고 얼굴을 드러냈다.

"내게 반가운 친구가……."

히말라야 산맥 지류에 살고 있는 그에게 반가운 친구란, 함께 조국의 독립을 위해 싸우는 동포뿐.

그런데 말투를 들어 보면 자신과 같은 티벳인은 아닌 듯 보이는데 친구라 하는 것에 의아한 표정을 하며 라오칸은 투덜거리며 나왔다.

그리고 이내 자신을 보며 방긋 미소를 짓고 있는 사내를 확인하고는 깜짝 놀랐다.

"한국? 하하하!"

자신을 찾아온 김한국의 얼굴을 확인한 라오칸은 호탕하게 웃으며 함께 온 사람을 쳐다보았다.

"혹시 중섭인가?"

3년 전, 느닷없이 찾아와 티벳의 독립을 위해 도움을 주겠다고 한 김한국과 이중섭은 정말로 아무런 조건 없이 자신들을 도와주었다.

상당한 양의 총과 탄약, 그리고 무장투쟁을 하기에 수익이 없는 이들을 위해 가족들이 생활할 양식과 예산까지 지원했다.

그뿐만이 아니었다.

이들 두 사람은 체계화되지 못한 자신들의 군사작전을 가르쳐 줬다.

그렇게 2년 가까이 지원과 훈련, 그리고 함께 작전을 펼치며 조국의 독립에 큰 도움을 주었다.

그러다 1년 전, 두 사람은 그들의 조국에 부름을 받고 돌아갔다.

다시 돌아올 것을 약속하고 그렇게 떠난 두 사람이 약속대로 1년 만에 다시 자신을 찾아온 것이었다.

"어쩐 일이야?"

오랜만에 본 친구들을 본 라오칸은 그들을 얼싸안고 물어보았다.

"하하하, 아무리 궁금해도 그렇지, 오랜만에 찾아온 친구에게 차 한잔 없는 건가?"

김한국은 자신을 향해 궁금해 죽겠다는 표정으로 질문을 하고 있는 라오칸을 보며 말했다.

"이런, 내 정신 좀 봐!"

라오칸은 그제야 자신이 어떤 실수를 했는지 깨달았다.

반가운 친구들로 인해 잠시 손님에 대한 예를 다하지 못했다.

"어서 들어와."

늦은 시각, 그것도 겨울밤이다 보니 이곳의 기온은 무척이나 떨어져 있었다.

"실례합니다."

친구의 집으로 들어선 김한국과 이중섭은 한국인들이 그렇듯 실내에 있을 누군가에게 인사를 하며 들어섰다.

"실례는 무슨… 어서 앉아."

안으로 들어서면서 인사를 하는 한국과 중섭을 보며 라오칸은 별스럽다는 표정으로 말을 하고는, 난로가 있는 쪽으로 자리를 권했다.

쪼르륵!

두 사람이 자리에 앉자, 그들의 앞에 따뜻한 꿀 차가 따라졌다.

오랜만에 만난 이들은 각자의 근황에 대한 이야기를 나눴다.

하지만 그것도 잠시, 서로의 근황을 알게 된 이들은 진지한 표정이 되어 깊은 이야기를 하기 시작했다.

"우리가 자네를 찾아온 것은, 드디어 때가 되었기 때문이야."

김한국은 자신들이 1년 만에 이곳 티벳 자치구를 찾아온 이유를 꺼냈다.

"때?"

"그래. 우리가 약속했지? 자네의 조국이 독립을 하기 위해선 무장투쟁도 필요하지만, 결정적인 시기가 필요하다고."

"아!"

라오칸은 친구가 하는 말이 무엇을 의미하는 것인지 그제야 알 수 있었다.

"자네가 떠나기 전에 말한 티벳의 독립을 이룰 수 있는 그때가 도래했다고?"

"맞아! 들었는지는 모르겠지만, 대륙 동쪽 끝에 있는 내 조국은 현재 중국과 전쟁 중이야!"

"뭐라고? 그런데 자네들이 이곳에 어떻게 온 거야?"

친구의 나라가 무도한 중국과 전쟁 중이란 소리에 자신의 조국의 독립에 대한 이야기도 잊고, 어떻게 이곳에 왔는지 걱정을 하는 라오칸이었다.

그런 라오칸의 모습에 김한국과 이중섭은 복잡한 미소를 지어 보였다.

"걱정하지 마. 내 조국은 무척이나 강력한 나라야. 우리가 없다고 해서 중국군에 밀리지 않아."

이야기를 하던 중 중섭은 라오칸을 보며 자신감 있는 표정으로 이야기를 했다.

그런 중섭의 말에 라오칸은 다시 한번 자신이 잊고 있던 어떤 것을 기억해 냈다.

'그렇지.'

두 친구들이 자신을 찾아오고 1년 쯤 지나 자신들을 찾은 젊은 한국인들을 떠올렸다.

라오칸이 젊은 한국인들이라 떠올린 이들은 바로 수호와 그의 경호원들이었다.

그들이 자신의 친구가 된 중섭과 한국보다 나이가 많다는 것은 당시에 듣기는 했지만, 시간이 흘러 까먹었다.

그저 기억나는 것은 그저 젊고 잘생긴 사람들이었다는 것.

아무튼 그들은 자신이 속한 티벳 독립군에게 각종 물자를 보급해 주었고, 또 파워슈트라는 기물을 주었다.

비록 사용에 제한이 있기는 했지만, 그 순간만큼은 전설로 전해지는 신화 속 영웅과 진배없는 능력을 선사했다.

"더 이상 중국 정부의 눈치를 보면서 깔짝댈 필요가 없어졌어."

"그래?"

"티벳이 독립을 한다고 해도 중국 정부는 더 이상 이곳에 신경을 쓸 여유가 없어."

만약 티벳 독립군이 이전에 독립을 하겠다고 대대적으로 궐기를 했다면, 쓰촨성과 칭하이성에 주둔하고 있는 서부전구의 집단군은 물론이고, 부족하다면 남부전구에서도 인민 해방군이 몰려와 티벳을 초토화시켰을 것이다.

하지만 지금은 중국 정부에 그럴 정신이 없었다.

없는 살림에 서부전구의 전력을 빼서라도 연일 밀리고 있는 북부전구에 병력을 충원해 줘야 할 판이었기 때문이다.

더욱이 서분전구라 하지만, 사실 서부전구는 대단히 넓은 지역이었다.

특히나 자치구인 티벳과 신장 위구르 자치구의 넓이는 서부전구에 배치된 집단군이 전부 커버하기에는 솔직히 여력이 되지 않았다.

그 때문에 서부전구는 대부분 인구가 밀집된 칭하이성이나, 쓰촨성 등에 집단군이 배치가 되어 있었고, 인구밀도가 높지 않은 신장 위구르 자치구나, 티벳 자치구에는 그곳만 관리할 수 있는 부대만 있어서 무장 경찰 부대와 협조를 하여 관리하고 있었다.

"신장 쪽에도 독립운동을 하는 조직이 있어. 그들과 연계를 한다면 쉽게 독립을 이룰 수 있을 거야."

중국 서부전구의 전력 분포도를 보면서 김한국은 설명해 주었다.

다만, 우려되는 것은, 현재 신장 위구르 자치구에는

많은 숫자의 이슬람 테러 조직이 들어와 있다는 것.

그 때문에 신장 위구르 내에서도 혼란스러운 상태였다.

그런 신장 위구르의 독립조직과 연계를 하는 것도 쉽지는 않아 보였지만, 어찌 되었든 그곳에도 아레스의 직원들이 자신들과 같은 임무를 받아 파견을 갔으니, 협조를 하는 것이 좋을 것이었다.

"좋아, 내일 날이 밝으면 동지들에게 알릴게."

라오칸은 고개를 끄덕이며 김한국에 의견을 수용했다.

자신들을 이끌어 주던 김한국과 이중섭이 한국으로 돌아간 뒤, 라오칸은 티벳 독립군을 이끌고 무장투쟁을 계속해 오고는 있었다.

하지만 두 사람이 당부한 것이 있다 보니, 이전 두 사람이 있을 때보다는 활동을 줄였다.

하지만 고국으로 떠난 두 사람이 다시 돌아왔다.

그 말은, 다시금 자신들의 독립전쟁이 시작되었음을 알리는 것이었다.

또한 두 사람도 그렇게 이야기를 했다.

티벳이 독립할 시기가 도래했다고 말이다.

*　　　*　　　*

중국의 사주를 받은 북한의 무력 도발로 인해 촉발된 전쟁은 한반도 내에서만 그친 것이 아니라, 중국 국경 에까지 확전이 되었다.

중국은 북한 땅에 눌러 앉으려다 그동안 숨기고 있던 발톱을 꺼내든 호랑이에 의해 국경 밖으로 쫓겨났다.

하지만 한 번 움직이기 시작한 호랑이는 더 이상 멈 추지 않았다.

오래전 자신의 땅을 되찾기 위해 강을 건너기로 한 것이었다.

한 번 떨쳐 일어난 그들은 막강한 북부전구의 집단군 을 상대로 진퇴를 하면서도 천천히 북진을 하였다.

그와 함께 후방에서 전열을 가다듬은 후방 사단들이 무주공산이 된 북한 지역에 들어와 정지 작업을 하였는 데, 이는 사전에 이미 계획된 일이라 혼란은 없었다.

더욱이 북한의 지도자이던 김종은이 공개적으로 항복 선언을 했기에, 북한군도 순순히 무기를 버리고 항복을 했다.

만약 그런 사전 작업이 없었더라면, 아무리 강력한 제7기동군단이라 하더라도 압록강과 두만강을 넘을 생 각을 하지 못했을 터이다.

그렇게 북한의 도발로 시작된 전쟁은 이제 중국의 땅

이 되어 버린 동북 3성으로까지 확전이 되었다.

*   *   *

"이제는 전장도 넓어졌는데, 이에 대한 대비를 해야 하지 않겠습니까?"

한중 전쟁으로 인해 비상 체제로 들어가 있는 청와대는 지하에 마련된 전쟁 지휘부에서 연일 회의를 계속하고 있었다.

"예, 그래서 휴전선에 배치되어 있는 공중순양함과 공중프리깃함의 위치를 변경하려고 합니다."

전시작전사령부의 작전 참모들은 북한의 로켓과 미사일을 방어하기 위해 휴전선 인근에 배치를 한 스카이넷 시스템의 핵심인 공중순양함과 공중프리깃함의 위치를 그대로 두지 않고, 중국과 국경이 되는 압록강과 두만강 쪽으로 전진 배치를 하려는 준비를 하고 있었다.

물론 아직까지 그곳은 전쟁구역이라 위험할 수도 있지만, 이제 북한군의 위협도 사라졌으니 중국군의 탄도미사일 공격을 대비해야 만했다.

"아직 그곳은 전투 중이니 공중순양함의 배치야 그렇다 치지만, 고도가 낮은 곳에 위치한 공중프리깃함의 경우에는 중국군의 공격을 받을 수도 있는데, 괜찮겠습니까?"

한국군의 미사일 방어 체계 중 공중순양함도 중요하지만, 그보다 낮은 고도에서 활동을 하는 공중프리깃함 또한 무척이나 중요한 역할을 하고 있다.

그러나 언급을 했듯 공중프리깃함의 경우, 전투기가 활동을 하는 상공 11㎞ 정도에서 활동을 하고 있었다.

그 말인즉슨, 언제든 공격을 받을 수 있다는 이야기였다.

"그건 걱정하지 않으셔도 됩니다."

"그게 무슨 소립니까? 걱정을 하지 말라니요?"

걱정을 하지 말라는 육군 사령관의 대답에 정동영 대통령은 궁금하다는 듯이 물었다.

"공중프리깃함과 함께 순항미사일과 방사포 등의 공격을 방어하는 155㎜ 자주포 부대의 준비가 완료되었습니다."

"아!"

한국의 미사일 방어 체계인 스카이넷 시스템은 탄도미사일을 담당하는 공중순양함과 저고도의 순항미사일과 로켓 등을 방어하는 공중프리깃함만으로 구성이 된 것이 아니었다.

지상의 자주포 부대까지 네트워크로 연결이 된 입체적인 시스템이다.

그런데 그동안 지상을 담당하던 자주포 부대가 기존의 휴전선에서 갖추고 있던 시스템이 넓어짐에 따라 빈틈이 생겼다.

그 때문에 시스템 조정이 불가피해졌다.

그래서 늦어진 것이었다.

스카이넷 시스템은 데이터 링크가 무척이나 중요한데, 방어해야 할 범위가 늘어나다 보니 에러가 발생을 하였고, 이를 잡는데 시간을 소비하게 된 거였다.

그런데 그 작업이 이제야 마무리되었다.

"이참에 동해에 있는 1함대도 서해로 이동 배치를 하는 것은 어떻습니까?"

정동영 대통령은 이번 기회에 중국에 확실한 결정타를 먹여 주고 싶은 생각에 해군 1함대의 배치에 대해 물었다.

"아닙니다. 굳이 1함대를 좁은 서해로 넣을 필요는 없을 것 같습니다. 더욱이 일본도……."

현재 조용히 있기는 하지만, 일본 해상자위대의 움직임이 신경이 쓰이는 이종호 해군 사령관이었다.

사실 아시아에서 대한민국 해군의 라이벌이라고 하면 누구나 일본의 해상자위대를 언급할 것이다.

그만큼 오래전부터 한국 해군을 괴롭힌 존재들이었기 때문이다.

"설마 일본이……."

말을 확실하게 하지 않고 있지만, 정동영 대통령은 설마 일본이 한국을 공격하겠냐고 말하는 것이었다.

물론 이 자리에 있는 사람 중 실제로 일본이 그럴 것이다, 라고 확신을 하는 사람은 아무도 없었다.

그렇지만 마음 한편에는 일본이라면 그럴 수도 있지 않을까 하는 의심은 가지고 있었다.

한국과 일본이 직접적으로 동맹관계는 아니지만, 미국을 사이에 두고 삼자 동맹, 아닌, 동맹 관계를 하고 있었다.

하지만 일본이라면 한국이 어려워지면 어려워질수록 자신들이 살아날 것이라 믿고 있기에, 현재 중국과 전쟁 중인 한국의 뒤통수를 때릴 수도 있지 않을까 하는 의심을 하는 것이었다.

"화력지원이라면 시험 운항 중인 주몽급 순양전함 세 척이 해 주고 있으니, 현재로도 충분합니다."

"아!"

주몽급 순양전함은 무려 사거리가 1,000㎞나 되는 230㎜ 주포를 열 문이나 갖추고 있었다.

뿐만 아니라, 사거리 3,000㎞의 현무—5B형 탄도미사일 여덟 발을 탑재하고 있어 지상 공격에선 전략무기급의 군함이었다.

"그렇다면 뭐, 위험을 무릅쓰고 서해로 이동을 할 필요가 없겠군요."

주몽급 순양전함의 전력을 익히 들어 알고 있는 정동영 대통령은 처음 구상한 1함대의 서해 이동 배치는 굳이 생각하지 않아도 되겠다는 이야기로 해군에 대한 조치를 마무리하였다.

"대통령님."

청와대 사무관이 급히 회의실에 들어와 정동영 대통령을 찾았다.

"무슨 일인가?"

"제7기동군단이 심양에 들어섰다고 합니다."

압록강을 건넌 제7기동군단의 기계화부대가 그동안 일진일퇴를 하다가 결국 랴오닝 성의 성도인 심양을 접수하는데 성공했다.

7. 홍콩 민주 연대의 의뢰

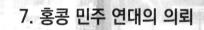

한반도의 전쟁은 여러 곳에 불을 지폈다.

동북아에 전쟁의 불꽃이 활활 타오르게 되었다.

단순하게 한국과 중국의 전쟁이 아니라, 이번에는 세계 군사력 순위 4위인 인도가 참전한 것이었다.

인도는 1962년 중국의 기습으로 잃어버린 카슈미르주와 악사이친주를 되찾기 위해 선전포고를 했다.

그동안 인도는 잃어버린 영토를 되찾기 위해 국경에서 수많은 크고 작은 소모전을 하고 있었다.

다만, 인도와 중국 모두 핵무기를 보유한 핵보유국이었기에, 크게 확전이 되지는 않았다.

그런데 때마침 중국이 동쪽에서 한국과 전쟁을 벌였다.

이를 기회라 판단한 인도 정부는 과감하게 중국에 선전포고를 하였다.

실제로 인도군은 선전포고를 한 뒤, 잃어버린 카슈미르주와 악사이친주의 일부를 너무도 쉽게 손에 넣을 수 있었다.

이렇게 동쪽에서는 한국과 전투를 벌이고, 서쪽 국경에서는 인도군과 싸워야 하는 상황이 되어 버렸다.

이것만으로도 중국 정부는 정신이 없을 텐데, 설상가상으로 그동안 잠잠하던 신강 위구르 자치구와 티벳 자치구에서 독립선언과 함께 자치구 내에 있는 중국 서부전구의 주둔군에 선전포고를 했다.

그런데 이런 중국 내 자치구에서의 독립선언은 비단 신강 위구르 자치구와 티벳 자치구뿐만이 아니었다.

북부전구에 속한 내몽골 자치구도 이번 기회에 중국에서 분리 독립을 하겠다고 선언을 한 것이었다.

아니, 원래 몽골과 합병을 하겠다고 나섰다.

이를 지켜본 세계인들은 정신을 차릴 수가 없었다.

세계의 화약고 중 한 곳인 중부 유럽은 이제 어느 정도 안정을 찾아가고 있는 반면, 긴장감을 조성하던 동북아시아에서는 전쟁이 확대가 되고 있었기 때문이다.

울트라 코리아

하지만 일부 사람들은 올 것이 왔다고 평가했다.

그동안 중국이 강대국이란 이유로 주변 국가나, 독립을 원하는 자치구 민족에 대한 인권 탄압은 물론이고 생명의 위협까지 가했다는 사실이 밝혀졌기에 그러한 판단을 한 것이었다.

그리고 이런 움직임은 언제나 생존의 위협을 받던 대만과 민주화 요구를 했다가 박해를 받은 홍콩인들의 가슴에 불을 지폈다.

특히 홍콩의 경우, 시민들 사이에서 반정부 시위를 다시 하여 권리를 되찾자는 이야기가 나오고 있었다.

2019년 민주화를 요구하는 홍콩인들의 시위는 중국 정부의 무력 진압으로 끝이 났다.

중국 본토에서 넘어온 무장 경찰 소속 진압대는 홍콩 경찰로 위장을 하고 무력을 사용해 무저항 시위대를 마구잡이로 잡아들였다.

그 과정에서 무수한 홍콩 시민들 속에서 사상자가 발생을 했는데, 이 중 대부분이 학생이나, 여성 등이었다.

평화 시위에 대한 무력 진압을 두고 국제사회에서 항의를 하자, 중국 정부는 이를 두고 내정간섭이라며 오히려 역정을 냈다.

자국민을 향한 중국 정부의 이런 비상식적인 행위를 보면서 많은 사람들이 중국 정부의 비인간적인 면모를 깨달았다.

그래서 지금 중국 정부가 전쟁으로 정신이 없을 때, 현 홍콩 특별 행정구를 예전 민주주의를 근간으로 하던 그때로 되돌리자는 움직임이 시민들 속에서 퍼지는 것이었다.

*　　　　*　　　　*

홍콩 중심 삼서이보 드래곤 센터 주차장에 일단의 사람들이 모여들었다.

쇼핑몰이다 보니 사람들이 모이는 것을 이상하게 생각하는 사람은 아무도 없었다.

그럼에도 이들은 뭔가 일반인들과는 움직임이 달랐다.

"프리!"

"홍콩!"

이들은 2019년도 시위 당시 외치던 구호를 마치 군대의 암구호마냥 사용하였다.

"어서 오세요."

모임의 주체자는 모여드는 사람들을 보며 반갑게 맞이하였다.

"얼추 다 모인 것 같으니, 장소를 옮기죠."

2019년 민주화 운동 이후, 이들은 주기적으로 모임을 가졌다.

당시 홍콩 민주화 운동은 국제사회의 관심을 얻는 데 성공을 하여, 시위가 성공을 한 것처럼 보였다.

그렇지만 내부를 들여다보면 하나도 바뀐 것이 없었다.

그래서 이들은 국제사회에 중국 정부의 만행과 그들의 앞잡이인 현 홍콩 행정 당국을 고발하기 위해 정보를 모으고 있었다.

그런데 뜻하지 않게 중국이 한국과 전쟁을 벌이면서 상황이 변했다.

자신들을 감시하던 시선이 사라진 것이었다.

중국은 이제 시위대를 향해 무력으로 탄압하던 공포의 존재가, 아닌, 소국에도 패배를 하는 늙고 이빨 빠진 맹수에 불과했다.

전쟁이 발발하여 중국은 소국이라 폄하하던 한국에 연일 패전을 면치 못하자, 한때 탄압을 하던 자신들에게 애국청년단을 모집한다며 광고를 하고 있는 중이었다.

참으로 기가 찰 일이 아닐 수 없었다.

그래서 모인 것이었다.

더 이상 중국 정부에 속지 않고 홍콩인들만의, 홍콩

인들을 위한 나라를 만들기 위해서.

"동지들, 홍콩의 독립을 어떻게 생각합니까?"

홍콩 민주 연대의 회장인 지진위는 회원들을 둘러보며 물었다.

민주화 운동을 함께한 동지들이긴 하지만, 이들 중에는 홍콩의 독립을 지지하는 사람도 있지만, 그렇지 않은 사람도 있을 수 있기 때문에 질문을 한 것이었다.

"그게 가능하겠습니까?"

회원들 속에서 의문을 드러내는 질문이 나왔다.

"전이라면 불가능했겠지만, 지금이라면 가능합니다."

지진위는 두 눈을 부릅뜨며 힘을 주며 대답했다.

그런 지진위의 말에 사람들 속에서 작은 소란이 일었다.

웅성! 웅성!

소란이 일었지만, 지진위는 조용히 사람들이 안정을 찾을 때까지 가만히 지켜보았다.

이는 자신이 강요를 한다고 해서 해결이 될 문제가 아니었기 때문이다.

홍콩이 영국으로부터 중국으로 반환이 될 당시에도 비슷한 분위기였다.

중국은 아편전쟁의 패배로 영국에 홍콩을 99년 동안 임차해 주었다.

그러다 1997년 7월 영국의 속령이던 홍콩은 중국에 반환이 되었다.

이 당시 중국은 영국에 약속을 했다.

홍콩 내 기조를 흐리지 않고 유지를 하겠다고 말이다.

그 당시 홍콩은 아시아 금융의 허브였기에, 영국도 혹여나 중국이 홍콩에 사회주의를 심지는 않을까 우려하여 약속을 받아 낸 것이었다.

하지만 결과적으로 그 약속은 지켜지지 않았다.

중국은 영국으로부터 홍콩을 반환을 받자마자 바로 협정을 어기고 괴뢰정부를 세워 통치를 하면서 홍콩을 점점 사회주의 국가로 변모시키기 시작했다.

이 때문에 당시 많은 홍콩의 부자들이 영국과 캐나다로 이민을 갔다.

남겨진 홍콩인들은 그래도 본토와 합쳐진 것에 위안을 삼으며 삶을 영위해 갔는데, 이들의 삶은 이전 영국의 속령일 때와 달리 점점 변해 갔다.

이를 견디지 못한 이들이 사회문제가 되어 가자, 중국은 범죄인 송환법이란 것을 만들어 중국 정부의 시책과 반하는 단체나, 인사들을 홍콩 내 사법기관이, 아닌, 본토인 중국으로 송환하여 사람들로부터 분리시키려 하였다.

이 일이 홍콩 민주화 운동의 원인이었다.

"혼란스러울 것은 잘 알지만, 현재 중국은 동쪽으로 는 한국과 전쟁을 하고 있고, 서쪽에는 인도, 그리고 위 구르 자치구, 티벳 자치구의 독립군과 전쟁을 치르고 있습니다. 또……."

지진위는 자신이 알고 있는 현 중국의 상황을 회원들 에게 들려주었다.

민간인이 그가 알고 있기에는 너무도 많은 정보를 가 지고 있었지만, 이들은 전혀 의심할 수 없었다.

그도 그럴 것이, 지진위가 하는 말들이 너무도 놀라 운 내용들이었기 때문이다.

"대만도 기회가 된다면 이번 전쟁에 끼어들어 독립을 쟁취할 것이란 이야기가 나오고 있습니다."

"허, 그게 정말입니까?"

한국과 인도 등이 중국과 전쟁을 벌인다는 이야기에 는 크게 반응을 보이지 않던 이들이, 대만이 전쟁에 참 여하여 독립을 할 것이란 소리에는 크게 반응을 하였 다.

"대만의 지인에게서 들은 이야기인데, 잘만 하면 미 국과 한국에서 우리의 독립에 도움을 줄 수 있을지 모 른다고……."

홍콩 민주화 운동을 성공시키기 위해 지진위와 홍콩

민주 연대는 세계 각국에 있는 인권단체들과 손을 잡았다.

그중 대만 독립을 지지하는 단체에서 홍콩 민주 연대가 원하기만 한다면, 미국과 한국에서 도움을 받을 수도 있을지 모른다는 이야기를 들었다.

실제로 티벳과 위구르 자치구에는 이들의 지원이 들어가 있다고 하면서 말이다.

"미국의 도움이 있다면야……."

분명 지진위는 미국과 한국이 도움을 줄 수 있다고 했지만, 이들은 미국의 도움만을 떠올렸다.

이들은 아직까지 한국이란 나라가 오래전 자신들보다 못 하던 때의 기억이 남아 있다 보니, 한국이란 단어는 한 귀로 듣고, 한 귀로 흘려버렸다.

그러나 반대로 미국이란 나라는 오래전부터 세계에서 강대국으로 자리를 굳건히 지키던 나라였다.

"그런데 미국에서 어떤 식으로 도움을 줄 수 있다는 것입니까?"

또 다른 회원이 지진위에게 물었다.

홍콩의 독립을 위해 미국이 자신들을 어떻게 도울 수 있는지 궁금한 것이었다.

"병력 지원이나, 교관 뭐, 이런 것 아닐까요?"

누구나 생각할 수 있는 것들 중 가장 대표적인 것을

언급했다.

하지만 다른 나라나, 오래전부터 독립을 위해 활동을 하던 무장 조직이 있다면 그런 옵션이 도움이 되겠지만, 자신들이 그런 지원을 받는다고 중국으로부터 독립을 할 수 있을지 확신이 들지 않았다.

"그런 지원을 받는다고 우리가 독립을 할 수 있을까요?"

여기저기서 처음과는 다르게 부정적인 이야기가 흘러나왔다.

그도 그럴 것이, 홍콩 민주 연대의 구성원들을 보면 많은 숫자가 여성과 학생들이었다.

물론 성인 남성들도 많이 있기는 하지만, 그들이 군 경력이 있는 것도 아니고, 총을 소지하거나 쏴 본 사람도 없었다.

그렇기에 군사고문단이 파견이 된다 해도 이들을 훈련을 시켜 독립운동을 한다는 것은 사실상 불가능한 일이었다.

또한 그렇게 하기에는 시간이 부족하고, 시기에도 맞지 않았다.

그런 이유 때문에 어떤 도움이 홍콩의 독립을 하는데 확실한 도움이 될지 알 수가 없어 불안감이 들었다.

지진위 또한 자신들이 어떤 도움을 받아야 중국으로

부터 자유를 쟁취하고 민주주의를 쟁취할 수 있을지 혼란스러웠다.

"차라리 용병을 구하는 것이 어때?"

조용히 회장과 회원들의 이야기를 듣고 있던 리우한이 나직이 말했다.

리우한은 홍콩 민주 연대의 부회장을 맡고 있는 이로, 회장인 지진위를 보좌하고 있는 인물이었다.

홍콩 민주화 운동 당시, 아내와 딸도 시위에 참여했다가 딸이 홍콩 경찰로 위장한 중국의 무장 경찰 진압대에 끌려간 뒤 치욕을 당하고 자살을 하였다.

이 때문에 아내 또한 얼마 못 가 우울증으로 인해 딸의 곁으로 떠났다.

사실 리우한의 경우, 이 일이 있기 전까지 만해도 시위에 그리 적극적이지 않았다.

그저 시위에 나가는 아내와 딸의 안위가 걱정이 되어 조용히 지켜보기만 했다.

하지만 그렇게 아내와 딸을 잃은 뒤, 리우한의 인생이 완전히 뒤바뀌었다.

그 누구보다 적극적으로 민주화 운동을 하는 과격파가 된 것이다.

목적을 달성하기 위해서라면 작은 희생쯤은 상관없다는 듯이, 때로는 시위를 진압하는 경찰에게 똑같이 폭력으로 대응을 하기도 했다.

그 때문에 목숨이 위험한 경우도 있었지만, 리우한은 이에 굴하지 않았다.

아니, 오히려 홍콩 결찰로 위장한 진압대에 죽으면 죽은 아내와 딸의 곁으로 갈 수 있다고 떠들었다.

그래서 지금도 회장인 지진위와 사람들이 외부의 도움을 받는 것에 초점을 맞추고 토론을 하는 것이 답답하여 용병을 구하자고 한 것이었다.

그런데 그런 생각을 한 사람은 리우한뿐만이 아닌 듯 보였다.

리우한이 용병 이야기를 하자, 몇몇 사람들도 그의 말에 동조를 하며 용병을 구해서라도 목적을 이루자는 의견을 냈다.

"그래. 우리가 힘들면 용병을 구해서라도 민주화를, 더 나아가 홍콩의 독립을 이룩하는 거야!"

외부의 위협으로부터 자신들을 지켜 줄 것이라 믿은 홍콩 경찰들이 민주화 운동 당시 배신을 한 것이 떠오른 것인지, 용병을 구해서라도 지금의 상황을 벗어나자는 리우한의 주장이 점점 힘을 얻었다.

'그런데 우리를 대신해 중국과 전쟁을 하려는 용병들이 있을까?'

지진위는 순간 그런 생각이 들었다.

리우한의 말도 일리가 있기는 하지만, 그가 생각하기에 중국 인민 해방군을 상대로 대리전을 할 PMC가 있을지 그게 의문이었다.

중국 인민 해방군이 아프리카의 그저 그런 허접한 군대도 아니고, 세계 군사력 순위 3위의 국가이지 않은가.

"그런데 상대가 중국 인민 해방군인데, 용병들이 의뢰를 받으려 할까요?"

의문을 가진 사람은 지진위만이 아니었다.

"물론 평소라면 어렵겠지만, 현재라면 가능할지 몰라."

리우한은 눈을 번뜩이며 자신의 뜻을 굽히지 않았다.

그도 그럴 것이, 이제야 복수를 할 수 있는 기회가 왔는데, 이대로 그냥 기회를 날리기에는 너무도 억울했다.

"내가 알아보니 한국에 특수부대 출신의 PMC가 있다던데……."

가만히 이야기를 듣고 있던 총무인 홍위가 조심스레 말을 꺼냈다.

"한국의 PMC?"

"응. 원래는 아프가니스탄 파견부대였는데, 무슨 일인지는 모르겠지만 부대 전체가 전역을 하고 PMC를 만들었다고 들었어."

"그런 곳이 있다고?"

홍위의 이야기에 가장 관심을 보이는 사람은 가장 먼저 용병을 구하자고 주장을 한 리우한이었다.

솔직히 그도 자신의 발언이 받아들여질 것이라는 확신이 없었지만, 어차피 이판사판이란 생각에 이야기를 해 본 것이었다.

그런데 이야기를 하다 보니 너무도 그럴듯했다.

그리고 그건, 다른 홍콩 민주 연대 소속 회원들 또한 마찬가지였다.

"그곳의 이름이 어떻게 되죠?"

지진위는 급히 홍위에게 PMC 이름에 대해서 물었다.

"아레스라고 들었습니다."

"아레스요?"

"예, 몇 년 전 한국 예능에도 한 번 소개가 된 적이 있는 곳입니다."

"예능이요?"

"네. 한국의 특수부대 출신들을 모아서 누가 최강의 부대인지 가리는 밀리터리 서바이벌 예능으로 기억합니다."

"아!"

한국의 예능이나, 드라마는 현재 세계적인 트랜드 중

하나였다.

그렇기에 몇 년 전부터 한국에서 제작된 것이라면, 아시아는 물론이고 전 세계로 판매되었다.

"나도 본 것 같아. 그런데 거기에 그 PMC도 나왔나?"

회원 중 누군가 홍위가 이야기를 뒷받침해 주었다.

하지만 방금 전 언급한 PMC가 나왔는지는 기억하지 못했다.

✳   ✳   ✳

대한민국 충청북도 증평군에 위치한 PMC 아레스의 본사에 의뢰가 하나 들어왔다.

원래라면 현재 조국인 대한민국이 중국과 전쟁을 하고 있기에 모두 차출이 되어야 했지만, 무슨 이유에서인지 이들은 중국과의 전쟁에 동원이 되지 않았다.

사실 이들은 위구르와 티벳 자치구에서 봉기가 일어나면 그들을 지원할 예정이었다.

그런데 중국 서부전구의 전력이 예상보다 허무하게 위구르와 티벳 독립군에게 무너져 버려서 이들의 출동이 보류가 되고 말았다.

그렇게 잠시 시간을 두고 상황을 살피려던 그때, 느

닷없는 의뢰가 들어왔다.

그것도 전혀 예상치 못한 홍콩으로부터 말이다.

"하, 이걸 어떻게 해야 하나?"

심보성은 심각한 표정이 되어 자신의 앞에 놓인 팩스를 쳐다보았다.

"그러게 말입니다."

들어온 의뢰는 너무도 황당한 내용이었지만, 현재 같은 상황이라면 굳이 받아들이지 못할 이유도 없었다.

그도 그럴 것이, 의뢰의 내용은 일개 PMC가 감당하기 힘든 내용이었지만, 현재 대한민국은 중국과 전쟁을 벌이고 있었다.

의뢰 내용은 바로 홍콩의 어떤 단체에서 자신들의 독립을 위해 싸워 달라는 내용이었다.

즉, 적의 적은 친구이니, 자신들을 도와 달라는 것이었다.

용병 의뢰이니 당연히 비용은 치르겠다는 내용 또한 담겨 있었다.

"현재 기존 의뢰가 보류된 상태인데, 이 의뢰를 받아들이는 것이 어떻겠습니까?"

전무이사인 최상준이 조심스럽게 물었다.

하지만 이번 의뢰는 함부로 받을 수가 없었다.

그도 그럴 것이, 현재 아레스는 국가의 의뢰를 받아

출동을 하려다 잠시 시기가 보류된 상태였기 때문이다.

즉, 현재 아레스는 이미 계약 중이었기에 다른 의뢰를 받을 수 없는 상황.

이전처럼 소규모 의뢰를 받아 이중, 삼중으로 의뢰가 가능한 상황이 아니었다.

아레스 전체가 국가와 계약을 맺은 상태였기 때문이다.

그런 상황인데 이렇게 홍콩에서 자신들의 독립을 도와 달라며 의뢰를 신청해 오자, 쉽게 결정을 내리지 못했다.

이들을 돕는 것 또한 국가를 위한 일이었으니까.

"굳이 어렵게 생각할 것이 아니라, 고문님께 이야기를 해 보는 것이 어떻겠습니까?"

이기준 상무가 대화에 끼어들어 자신의 생각을 이야기하였다.

아레스가 PMC로 한국 내에 존재할 수 있는 것은, 어디까지나 대한민국을 움직이는 한 축인 장군회의 힘 때문이었다.

정부와 계약을 한 것도 전적으로 장군회의 의지가 그러했기에 가능한 거였다.

그러니 이기준은 자신들이 고민할 것이 아니라 윗선에 이야기를 하여 결정을 따르자는 것이었다.

"그게 좋겠습니다."

최상준 전무도 마음 같아서는 굳이 놀고 있기보단 의뢰를 받아서라도 중국과 한판 했으면 하는 생각을 가지고 있었다.

PMC이기는 하지만 전무란 직책으로 인해 관리직이 되다 보니 현장과 멀어져 있었다.

그런 최상준은 종종 갈증을 느꼈다.

젊은 시절 거친 사막이나, 땀이 주르륵 흘러내리는 정글에서 반군이나, 테러 조직과 싸우던 그때가 그리운 것이었다.

그래서 이번 한중 전쟁에 기대를 많이 했다.

하지만 전쟁은 현역들의 역할이었다.

그 때문에 PMC인 자신들은 전장의 근처에도 가 보지 못하고 있었다.

그래서 이렇게 홍콩에서 의뢰가 들어왔다는 소리에 적극적으로 이야기를 한 것이었다.

"최 전무까지 그렇게 이야기를 한다면, 내 고문님께 이야기를 한 번 해 보지."

사실 심보성 사장도 최상준 전무와 비슷했다.

이전이라면 그저 조용히 아레스의 업무를 보고, 장군회에서 내려오는 지시를 기다렸을 테지만, 한국이 중국과 전쟁을 하고 있는 상황이다 보니 피가 끓고 있어 가만히 기다리는 게 너무도 힘들었다.

＊　　　　　＊　　　　　＊

경기도 모처, 평온한 한옥 집.

"어쩐 일인가?"

김중관은 앞에 도기로 된 찻잔을 내려놓고 창밖에 누렇게 바랜 정원을 한 번 보고는 고개를 돌려 자신을 찾아온 심보성 사장을 바라보며 물었다.

"그간 평안하셨습니까?"

대한민국이 전쟁 중인 것과는 다르게 이곳의 분위기는 무척이나 평온해 보였다.

"뭐, 평온하다면 평온한 것이고, 아니라면 또 아닌 것이지."

김중관은 평온했냐는 인사에 선문답을 하는 것처럼 대답을 하였다.

"그런데 무슨 일로 찾아온 것인가?"

무엇 때문에 찾아온 것인지 질문을 하는 김중관의 말에는 작은 질책이 담겨 있었다.

그도 그럴 것이, 조국인 대한민국이 중국과 전쟁을 치르고 있는 이때, 이렇게 밖으로 나다녀도 되냐는 그런 질책이었다.

"그게……."

장군회의 고문인 김중관이 무슨 말을 하는지 심보성
또한 짐작할 수 있었다.

하지만 자신이 그를 찾아온 것은 자신이나, 부하들이
어떻게 해야 할지 판단이 서지 않아 조언을 듣기 위해
서였다.

그래서 솔직하게 모두 말했다.

"현재 저희는 정부의 지시로 대기를 하는 중입니다.
그런데……."

심보성은 홍콩 민주 연대가 의뢰한 의뢰서를 앞으로
내밀며 자신들이 어떻게 해야 할지 조언을 구했다.

그런 심보성의 이야기에 김중관도 자신이 성급하게
판단했다는 것을 알았는지, 아무 말 없이 의뢰서의 내
용을 읽었다.

"흠……."

의뢰서를 모두 읽은 김중관은 나직이 신음을 내고는
생각을 하기 위해 눈을 지그시 감았다.

너무도 뜻밖의 내용이 그 안에 담겨 있었기 때문이
다.

하지만 쉽게 결정할 수 있는 내용 또한 아니었다.

홍콩은 작지 않은 규모를 가지고 있었다.

더욱이 그곳은 아시아 금융의 중심이라고 할 수 있는

곳이었다.

현재 중국 정부가 한국과의 전쟁과 자치구의 독립을 외치는 소수민족들의 봉기, 그리고 인도란 강국의 선전 포고로 정신이 없는 지금이야 신경을 쓰지 못하겠지만, 나중에 문제가 해결이 난 뒤에도 그냥 두고 볼지는 알 수 없었기 때문이다.

하지만 다르게 생각하면 홍콩인들이 꿈꾸는 일이 가능할 것도 같았다.

현재 정부가 추진하는 프로젝트가 계획대로만 진행이 된다면, 전쟁이 끝났을 때의 중국은 지금의 중국이 아닐 것이었다.

각 자치구들이 독립을 하고, 대한민국이 잃어버린 고토를 회복한 뒤라면 중국은 지금보다 군사력이나, 경제력이 훨씬 줄어든 상태일 게 분명했다.

그리고 그런 중국을 미국은 절대 그냥 두고 보진 않을 터.

자신들에게 대항을 하려던 중국을 그냥 내버려 둔다는 것은 지금껏 미국이 보인 행보와는 어울리지 않았기 때문이다.

냉전 시절 미국에 맞선 소련이 어떻게 되었나.

그리고 소련을 승계한 러시아는 현재 어떤가.

혹시라도 러시아가 옛 소련 시절처럼 자신들에게 대

항할까 봐, 성장하지 못하게 여러 가지 제재를 가하고 있지 않은가.

이를 보면 중국도 마찬가지일 것이었다.

아니, 어쩌면 급성장하는 한국을 견제하기 위해 중국을 그냥 놔둘 수도 있었다.

물론 그럴 가능성은 무척이나 희박한 확률이기는 하지만, 가능성이 없진 않은 가정이었다.

그렇게 여러 가지 변수를 생각하던 김중관은 드디어 결정한 내린 것인지 감고 있던 눈을 떴다.

"좋아. 의뢰를 받아들여."

의뢰를 받아도 된다는 허락이 떨어지자, 심보성 사장은 조심스럽게 물었다.

"괜찮겠습니까?"

"그래, 육본에는 내가 이야기를 하지. 다른 의뢰도 아니고 중국과 연관이 있는 것이니, 육본에서도 다른 말이 나오지 않을 거야."

김중관은 홍콩의 의뢰가 나쁘지 않다고 판단했다.

불안 요소가 아주 없는 것은 아니지만, 그건 아레스의 문제가 아니라 홍콩인들의 문제였다.

현재 아레스의 전력은 초창기 PMC 인가를 받고 설립했을 당시보다 몇 배나 성장을 하였다.

매 분기마다 아레스는 신입 대원을 모집했다.

매년 군에서 전역을 하는 특수부대원들을 대상으로 한 모집이다 보니, 직업을 찾지 못한 전 특수부대원들은 거의 대부분 아레스의 모집에 응했다.

그러니 아레스는 그중에서 인성과 실력을 겸비한 자원만 뽑으면 되는 것이었다.

그렇다고 아레스만 좋은 일은 아니었다.

아레스에 지원한 이들은 선발에 뽑히기만 한다면, 현역 때 받던 월급보다 1.5배의 월급과 수당을 받았다.

뿐만 아니라 사용할 무기와 장비는 최신 사양으로 지급을 받았고, 복지 또한 최상으로 챙겨 주기도 했다.

4대 보험은 물론이고, 자녀들의 학자금 지원과 직계 가족은 물론이고 형제자매까지 확대된 의료 서비스까지 보장해 주었다.

그러다 보니 PMC이면서도 아레스는 꿈의 직장처럼 여겨졌다.

그런데 이런 복지 혜택이 가능한 건가라는 의문을 가질 수도 있지만, 이렇게 복지에 많은 예산을 쏟아부어도 아레스는 충분히 운용이 가능했다.

그도 그럴 것이, 그만큼 이들이 의뢰를 하면서 받는 의뢰비가 비싸기도 했고, 그만큼 의뢰인이 요구한 서비스를 충실히 이행을 했기에 이 모든 것이 가능한 것이었다.

특히나 SH 그룹에서 개발된 장비나, 무기를 아레스가 실전에서 테스트를 해 줌으로써 받는 금액도 상당하여 아레스의 확장은 당연했다.

SH 그룹이 성장한 만큼, 아레스 또한 성장을 한 것이었다.

"그럼 그렇게 알고, 그만 가 보겠습니다."

아레스에 의뢰를 한 주체인 정부 대신 지휘를 하는 육군본부를 김중관 고문이 직접 해결을 해 주겠다는 대답에 심보성은 고개 숙여 인사를 하고는 자리에서 일어났다.

"혹시 모르니, SH의 정 회장에게 한 번 연락을 해봐."

볼일을 보고 밖으로 나가려는 심보성 사장의 등 뒤로 김중관 고문은 수호에게 연락을 해 보라는 조언을 하였다.

"알겠습니다."

심보성 사장은 그의 말을 이해했다는 듯이 고개를 끄덕이며 답했다.

예전에는 단순하게 자신의 밑에 있던 부하였지만, 이제는 그런 관계보다는 한 조직의 우두머리로서 자신보다 훨씬 더 거대한 조직을 거느린 수호를 결코 가볍게 생각하지 않았다.

아니, 이제는 어려운 일이 있으면 조언을 구할 정도로 엄청난 인물이 되어 있었기에, 그도 김중관의 조언이 없었더라도 한 번 찾아가 볼 예정이었다.

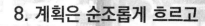

8. 계획은 순조롭게 흐르고

중국의 국가 주석이자, 중앙군사위 주석, 중국공산당 총서기인 진보국은 느닷없이 날아온 소식으로 인해 정신을 차릴 수가 없었다.

그도 그럴 것이, 현재 중국은 북동으로는 한국과 전쟁을 치르고 있었고, 서쪽으로는 인도와 독립을 요구하는 위구르, 티벳 자치구의 무장 세력이 준동하여 혼란을 겪는 중이었다.

그런데 남서 방면의 베트남 또한 움직임이 심상치 않아 예의 주시하고 있던 그때, 뜻밖의 방향에서 문제가 터진 것이었다.

자신들에 비해 한 줌밖에 되지 않는 전력을 가지고
있는 대만이 바로 그들이었다.

언제든 마음만 먹으면 통일을 할 수 있다고 자신했기
에 그동안 가만히 놔둔 것이었는데, 잠시 혼란스러운
틈을 타 대만이 기습 침공을 한 것이었다.

쾅!

"뭐가 어떻게 되었다고?"

진복국은 비서가 전달한 소식을 듣자마자 책상을 내
리치며 소리 질렀다.

감히 자신들에 쫓겨나 조그만 섬으로 피신을 한 대만
이 혼란한 틈을 타 기습 공격을 했다는 사실에 화가 끓
어올랐다.

"푸젠에 있던 해군이 한국 해군과의 전투에서 전멸을
하는 바람에 아무도 없는 틈을 타고 기습 상륙을 하였
다고 합니다."

중국 인민 해방군에 비해 10분지 1도 안 되는 전력을
가지고 있는 대만이 자살을 하려는 것이 아니라면, 감
히 상륙작전을 펼치지 못할 것이란 안일한 생각 때문에
방비를 전혀 하지 않았다.

그런데 한국 해군과의 전투로 무용지물이 된 동해함
대의 기지 중 하나인 푸젠 기지가 비자, 그곳으로 대만
이 상륙을 했다.

대만의 입장에선 이보다 좋은 기회가 없었다.

중국이 툭하면 대만 침공설을 퍼뜨리며 위협을 해 오는 것 때문에 대만인들은 좀처럼 평화로운 삶을 영위할 수가 없었다.

그런데 드디어 기회가 찾아왔다.

중국 정부가 한국과 전쟁을 하는 중이고, 중구 내 자치구에서도 독립을 위한 봉기가 일어났다.

뿐만 아니라 서쪽 국경에 있는 인도도 잃어버린 땅을 되찾기 위해 선전포고를 했다.

또한 대만을 가장 크게 위협하던 전력인 동해함대가 괴멸이 되어 전력에 누수가 생겼으니, 당연한 결과가 아닐 수 없었다.

대만은 단순히 국제사회에 대만의 독립을 선언하는 정도가 아니라, 한국과 외교적으로 동맹을 맺고 과감하게 중국에 전쟁을 선포했다.

그러면서 대만해협을 두고 마주하고 있는 푸젠성을 침공했다.

그런데 설상가상으로 원래 동부전구의 담당 구역인 푸젠성에 있던 육상 전력뿐만 아니라 공군 전력까지 밀리는 북부전구를 지원하기 위해 이동을 한 상태였기에, 상륙하는 대만군을 저지할 그 어떤 전력도 남아 있지 않았다.

대만군을 저지하기 위해선 남부전구의 전력 중 광둥성에 있는 인민 해방군이나, 하다못해 남해함대를 이동 배치를 해야 했지만, 중국 정부로서는 그럴 수가 없는 상황이었다.

그도 그럴 것이, 남부전구의 전력도 다른 전구들처럼 불안했기 때문이다.

내부의 장족 자치구에서도 독립을 요구하는 움직임이 일어날 조짐을 보이고 있고, 또 남해함대의 경우 남중 국해에 있는 파라셀 군도와 스프래틀리 군도 때문에 움직일 수가 없었다.

이곳은 중국이 불법으로 점거를 하고 있는 상태이다 보니, 베트남과 필리핀에서 호시탐탐 기회를 노리고 있었다.

원래는 이곳 파라셀 군도는 베트남의 영해였지만, 베트남이 한창 베트콩과 월남으로 나뉘어 전쟁을 치를 때 주위에 신경을 쓸 여력이 부족해지자 중국이 불법으로 점거하였다.

그것은 이보다 남쪽에 위치한 스프래틀리 군도 또한 비슷했다.

필리핀에 기지를 두고 있던 미국과의 관계가 틀어져 미군 기지들이 철수를 하자, 전력 공백이 있던 필리핀은 스프래틀리 군도를 제대로 관리하지 못했다.

그리고 그 틈을 중국은 기회다 싶어 강제로 병합시켰다.

뿐만 아니라 암초에 콘크리트를 부어 인공 섬을 조성했고, 기지를 건설해 필리핀이 감히 엄두를 내지 못하게 만들었다.

그러다 보니 남부전구에 있는 남해함대를 함부로 이 지역에서 뺄 수가 없는 것이었다.

거기다 푸젠성 밖에는 겨우 대만 정도만이 존재하다 보니, 중국 정부는 대만이 자신들을 위협할 만한 세력이 아니란 판단 하에 과감하게 푸젠성에서 전력을 뺀 거였다.

하지만 이미 일은 벌어진 상황.

대만은 중국 정부가 생각하는 것보다 훨씬 강력한 전력을 보유하고 있었다.

비록 육군 전력이 부족한 것은 사실이지만, 이는 현재 고려할만 한 사항이 아니었다.

그도 그럴 것이, 현대전에서 가장 중요한 것은 누가 뭐라고 해도 공군력이었으니까.

그 다음이 해군이고, 마지막으로 전쟁의 향방을 결정짓는 육군이 마무리를 하는 것이었다.

그런데 대만군을 방어해야 할 중국 인민 해방군은 동부전구에, 아니, 정확하게는 푸젠성에 남아 있지 않은 상황이었다.

급히 저장성에서 혹은 장시성에서 모집을 하여 보내야겠지만, 그 또한 쉽지 않았다.

그도 그럴 것이, 남부 혹은 동부에는 적이 없을 것이라고 판단을 해서 북부전구로 병력을 차출해 모두 지원을 보냈다.

자신들의 실수를 만회하고자 급히 서둘러 보내다 보니 전력의 공백이 심했다.

어찌어찌 현지는 무장 경찰로 통제를 해 보겠지만, 이도 그리 쉽지 않은 상태였다.

그러니 현재로써는 마땅한 대책이 없었다.

"저장성과 창시성에 있는 남은 인민 해방군이라도 모집해 보네!"

급기야 진보국은 남은 병력이라도 모집해 보내라는 말을 꺼냈다.

하지만 이런 돌발 상황은 비단 푸젠성에 상륙한 대만군만이 아니었다.

"주석 동지, 적의 침입으로 인해 광저우시가 함락이 되었다고 합니다."

푸젠성에 대만군이 상륙을 했다는 소식에 골치를 썩고 있던 진보국에게 이번에는 그 옆에 있는 광둥성이 적에게 공격을 당했다는 소식이 들려왔다.

"뭐야! 거긴 또 어떤 놈들이……."

대만의 푸젠성 상륙은 그래도 어떻게든 막아 낼 수 있다는 생각이 들어 화는 났지만 겨우 억누를 수 있었다.

하지만 남부전구가 있는 광둥성은 이야기가 달랐다.

그곳은 서쪽으로 베트남이, 그리고 남쪽에는 필리핀이 있어서 한시도 방심을 해서는 안 되는 곳이었다.

특히나 베트남의 경우, 무척이나 호전적인 놈들이라 같은 공산주의 국가이지만 쉽지 않은 상대였다.

그런데 어떻게 광둥성이 공격을 당했고, 누군가에게 공격을 당한 건지 알 수가 없었다.

'뭐야, 그놈들이 스텔스 군함이라도 보유한 건가?'

20세기 말부터 군사 선진국에서는 레이더에 보이지 않는 무기에 대한 연구를 활발히 진행해 왔다.

그도 그럴 것이, 너무도 발달된 레이더의 성능 때문에 적에게 들키지 않고 공격을 하는 방법에 대한 연구는 필수였기 때문이다.

그 선두는 당연히 세계 최강 미국이었고, 그 다음이 소련이었다.

물론 소련은 과도한 미국과의 경쟁으로 인해 경제가 붕괴되면서 독립국가로 뿔뿔이 흩어졌고, 러시아가 그 뒤를 계승했다.

그리고 중국 또한 뒤늦게 이 스텔스 연구에 뛰어들었는데, 기술 기반이 없어서 다른 나라로부터 기술을 빼내기로 결심을 하고 많은 유학생과 과학자들을 이용해 스파이와 회유를 통해 기술을 습득했다.

그렇게 해서 만든 것이 J—20과 J—31이었다.

그런데 연구는 전투기만이 아니라 레이더에 걸리는 않는 스텔스 군함 또한 연구가 되었는데, 지금 진보국은 혹시 베트남에서 그런 것을 개발한 것은 아닌가 하는 의심을 하는 것이었다.

하지만 아무리 생각해 봐도 베트남이 자신들도 개발에 성공을 하지 못한 스텔스 군함을 건조했다고는 믿기지 않았다.

더욱이 스텔스 기술이 진보한 서방국가들도 대단위 병력을 수송할 수 있는 스텔스 군함을 만들지 못하고 있기 때문이었다.

"어디야?"

아무리 고민을 해 보다 어느 나라가 중국의 남부 지역에 있는 광둥성을 공격했는지 알 수가 없었다.

푸젠성에 기습 상륙한 대만을 한 차례 떠올려 봤지만, 대만군의 전력으로는 푸젠성과 광둥성, 두 곳에 전장을 만들 여력이 없었다.

'그렇다면 혹시 미군이⋯⋯.'

미국이라면 충분히 자신들 모르게 병력을 광둥성에 침투를 시킬 수도 있고, 또 수많은 특수부대가 있기에 충분히 가능성 있어 보였다.

하지만 이내 고개를 절레절레 저었다.

아무리 미국이라도 선전포고도 없이 침공을 하지 않을 것이기 때문이었다.

나중에라도 국제적으로 문제가 될 수 있는 부분이었으니까.

'도대체 넌 누구냐?'

도저히 광둥성에 침략한 적의 정체를 알 수가 없자, 진보국은 식은땀을 흘리며 두려워했다.

＊　　　＊　　　＊

홍콩 민주 연대는 경악을 금치 못했다.

자신들이 원해서 용병을 구하기는 했지만, 이들이 이렇게까지 적극적으로 자신들의 요구를 들어줄지도 몰랐고, 광둥성의 주도인 광저우시까지 탈환할지는 전혀 예상하지 못했기 때문이다.

"굳이 광저우까지 들어갈 이유가 있었습니까?"

지진위는 자신의 앞에 있는 아레스 전무인 최상준을 보면서 물었다.

"물론 의뢰 내용만 보면 우리가 굳이 광둥성까지 나갈 필요는 없지요."

최상준은 의뢰주인 홍콩 민주 연대의 회장인 지진위의 질문에 진실을 들려주었다.

"하지만 의뢰를 성공하기 위해서 언제까지 저희가 홍콩에 남아 지켜 줄 수는 없지 않겠습니까?"

설명을 하면서 질문 아닌 질문을 하였다.

"그렇긴 하죠."

아레스는 용병이지 홍콩의 자치대가 아니었다.

즉, 그 말은 홍콩의 안전을 위해 방어를 맡긴다고 한다면, 이들이 그런 일을 할 수 있게 계속해서 의뢰비를 지급해야 한다는 소리였다.

이는 아무리 홍콩이 아시아 금융의 허브라고는 해도 쉬운 일이 아니었다.

그만큼 홍콩을 지키기 위해 아레스에 지급해야 할 비용이 엄청났기 때문이다.

"그러니 여러분들을 위해 보다 확실한 방법이 필요했습니다."

"확실한 방법이요? 그게 뭡니까?"

지진위는 알 수 없는 이야기를 하는 아레스의 전무 최상준을 보며 물었다.

그러자 최상준은 자신들이 기획한 작전에 대해 설명

을 해 주었다.

"이곳 광저우시는 중국 남부전구의 핵심 중 한 곳입니다. 그렇지만 현재 중국은 주변을 둘러싼 국가 중 두 곳과 전쟁을 치르고 있고, 또 중국 내 자치구에서 독립운동을 하는 세력과 내전을 치르고 있는 상황입니다."

현 중국의 상황을 여실히 드러내며 이야기를 하는 최상준 전무의 설명은 전쟁에 관해서 자세히 알지 못하는 지진위나, 홍콩 민주 연대의 회원들에게 충격을 가져다주었다.

'설마 중국이 그렇게 어려운 처지였어?'

뉴스에서는 연일 중국의 승전보만 흘러나왔다.

중국은 한국과 전쟁을 하고, 인도가 선전포고를 했다고는 하지만 중국의 인민 해방군은 훌륭히 자신들의 임무를 완수하고, 승전하고 있다고 선전하고 있던 것이다.

그런데 사실은 그렇지 않다는 설명에, 이를 듣고 있던 지진위와 홍콩 민주 연대의 회원들은 놀라지 않을 수가 없었다.

"당신들이 나중에라도 살기 위해선 현재 푸젠성에 진입한 대만과 협력을 해야 할 것입니다."

"대만?"

"그렇습니다. 대만은 지금 생존을 위해 푸젠성에 진

출했습니다."

대만군이 푸젠성에 인민 해방군이 이동한 틈을 타, 선전포고와 함께 상륙한 것을 이야기해 주었다.

"그 말이 사실입니까?"

"중국은 거대한 국가이고, 군인의 숫자가 200만 명이 넘어가고 있습니다. 그래서 대만은 지금껏 위협을 받고 있었지요. 하지만⋯⋯."

'하지만⋯ 뭐지?'

대만이 무엇 때문에 푸젠성에 기습 상륙을 한 것인지 설명을 들은 홍콩인들은 두 눈을 동그랗게 뜨며 속으로 물었다.

"인구와 터전이 어느 정도 갖춰져야만 상대를 할 수 있다는 것을 대만은 깨달았습니다. 그래서 중국을 공격한 것이고요."

국가적 틀을 갖췄다고 해서 국가로 인정을 받을 수 있는 것은 아니었다.

그 구성원들을 외부의 위협으로부터 지켜 낼 수 있어야만 국가로서 인정을 받을 수 있는 것이었다.

현재의 대만은 국가적 기반은 충분히 갖추고 있었지만, 외부의 적이 위협을 하는 것을 막아 낼 수 없었기에 국제사회에서 나라로 인정을 받지 못하고 있었다.

이런 문제를 안고 있던 대만에게 수호가 조언을 해

울트라
코리아

주었다.

대만이 중국에 비해 국제적 영향력이 부족한 것은 사실이지만, 자국민을 외부의 위협으로부터 지켜 줄 수 없기에 국가로 인정을 받지 못하고 있는 것이라고.

그러니 섬에 고립되어 생각할 것이 아니라, 대륙에 있는 성 하나라도 중국으로부터 탈환을 해 지배를 하는 것이 어떻겠느냐고 조언을 했다.

만약 그럴 생각이 있다면, 대한민국이 최대한 도울 것이라 약속까지 하였다.

그리고 이는 홍콩의 의뢰를 받은 아레스를 통해 대만 정부에 전달이 되었다.

그런 일이 있었기에 대만은 과감하게 푸젠성으로 상륙할 마음이 생긴 것이었다.

한국 정부로부터 현 중국의 상황에 대해서 전달받고, 또 전쟁이 끝난 뒤에도 동맹과 지원을 하겠다는 약속이 있었기에 그런 과감한 결정을 내릴 수 있던 것이다.

실제로 한국 정부의 정보대로 푸젠성에는 거의 무혈 입성을 한 것이나 다름없을 정도로 대만군은 별다른 저항 없이 푸젠항에 상륙했다.

그래서 최상준도 이런 내용을 홍콩 민주 연대의 회장과 회원들 앞에서 이야기하는 것이었다.

너희가 살기 위해선 대만처럼 중국의 성 하나를 가지

고 있어야 안전을 도모할 수 있다고 말이다.

"전쟁이 끝난 뒤에도 푸젠성을 함락한 대만과 연대를 한다면 충분한 안전과 안정된 발전, 둘 다 가질 수 있을 것입니다."

"아!"

모든 설명을 들은 홍콩 민주 연대는 여기저기서 감탄성이 흘러나왔다.

자신들은 단순하게 예전 권리를 되찾기 위해 위험을 무릅쓰고 의뢰를 한 것인데, 아레스는 나중에라도 자신들의 안전을 위해 보다 큰 그림을 그리고 있었기 때문이다.

사실 성이라 불리기는 하지만 광둥성이나, 푸젠성의 경우, 남한보다 넓은 땅을 가지고 있었다.

그 말인즉슨, 성 하나가 웬만한 국가의 크기와 비슷하다는 소리였다.

또한 홍콩과 대만이 연합 혹은 연방으로 묶인다면, 그 시너지 효과로 인해 또 얼마나 발전을 할지 알 수 없었다.

이런 이야기를 듣게 된 지진위와 홍콩 민주 연대 사람들은 이런 이야기를 해 주는 최상준을 존경한다는 눈빛으로 보냈다.

그리고 한편으론 한국에 대한 경탄을 금치 못했다.

"정말로 그렇게 될까요?"

사람들 속에서 정말이지 간절한 목소리로 그런 일이 가능할지 물어보는 목소리가 있었다.

"물론입니다. 저희 대한민국은 그럴 수 있게 만들 힘이 있습니다."

너무도 단호한 최상준의 말에 사람들은 저도 모르게 마른침을 삼켰다.

지진위는 그가 처음 찾아왔을 때의 조금 불안한 표정과는 달리, 지금은 무척이나 안정된 얼굴을 하고 있었다.

＊　　＊　　＊

내몽골 자치구 츠펑시 옥황촌.

북부전구 제2포병대 임시 주둔지, 이곳의 한 막사에선 늦은 시각임에도 불구하고 불이 꺼지지 않고 있었다.

이곳의 막사가 불이 꺼지지 않는 이유는 현재 중국 북부전구가 한국과 전쟁을 치르고 있는 이유도 있지만, 결정적인 원인은 그것이 아니라 제2포병대의 실세인 소샤오린 대교가 참모들과 함께 비밀회의를 하고 있었기 때문이다.

"결정들 했나?"

소샤오린 대교는 굳은 표정으로 이곳에 모인 참모들을 둘러보며 질문을 했다.

그런데 질문을 받은 참모들의 표정도 심상치 않았다.

그도 그럴 것이, 현재 이곳 회의실 내부에는 소샤오린과 참모들만 있는 것이 아니라, 소씨 군벌의 친위대라 할 수 있는 제4정보보안여단의 병력 일부가 들어와 있었기 때문이다.

그것도 마치 이들을 포위하듯 둥글게 둘러싼 상태로 무장도 하고 있었다.

그러다 보니 참모들은 긴장을 한 상태로 소샤오린 대교만을 주시할 뿐이었다.

"그럼 카이리쉰 상교부터 대답을 해 봐!"

참모들 중 가장 계급과 서열이 높은 카이리쉰 상교를 보며 대답을 강요했다.

"음, 전 소샤오린 대교님을 따르겠습니다."

강압적인 분위기였지만, 대세를 읽을 줄 아는 카이리쉰 상교는 얼른 소샤오린 대교를 따르겠다고 대답을 했다.

그것이 시발점이 되었는지, 이곳에 모인 참모들은 하나둘 소샤오린을 따르겠다는 답변을 내놓았다.

이 순간 실세인 소샤오린 대교의 생각을 따르지 않고

중앙정부의 뜻에 따르겠다며 반대를 했다가는 어떻게 될지 잘 알고 있었기 때문이다.

이 자리에 있는 모든 참모들이 대세를 따르겠다는 대답을 하자, 소샤오린은 그제야 굳어져 있던 표정을 풀었다.

"좋아. 모두가 나와 북부 군벌의 뜻과 함께하겠다고 대답을 했으니, 앞으로의 계획을 들려주겠다."

소샤오린은 강제성 있는 권유였지만, 그것만이 중국의 현실적인 어려움을 타파하고 유지할 수 있다고 판단했다.

보고 듣고 또 경험을 한 대한민국은 결코 자신들의 밑이 아니었다.

비록 겉으로 들어난 차이는 자신들이 일방적으로 우세해 보였지만, 실제로 그렇지 못하다는 것을 깨닫기까지에는 그리 오랜 시간이 걸리지 않았다.

실제로 오판을 하고 중앙정부의 지시로 북한에 들어간 북부전구 소속 집단군들이 어떻게 되었는가.

그리고 그런 전세를 뒤엎기 위해 출동을 한 동해함대는 어떻게 되었는지 여실히 알고 있는 소샤오린은 지금 같은 상황에서는 그저 자신의 조국인 중국이 앞으로도 국제사회에서 도태되지 않게 힘을 보전하는 길이 가장 좋다고 판단을 내렸다.

그동안 군사력이란 것은 숫자가 가장 중요하다 생각했다.

그리고 그건 대부분의 사람들이 그러했다.

물론 숫자도 많고 품질도 좋으면 그보다 좋을 수는 없겠지만, 중국의 기술력이 어떠한지 잘 알고 있는 소샤오린이나, 중국의 지도자들은 최소한의 품질을 유지하면서 숫자를 늘려 간다면 언젠가는 미국도 따라잡을 수 있다고 판단을 해 왔다.

하지만 막상 뚜껑을 열어 보니 그게 너무도 잘못된 판단이었음을 쉽게 알 수 있었다.

세계 최강이란 미국은 단순하게 질이 좋은 무기를 많이 가지고 있는 것이 아니었다.

그리고 그에 버금가는 최신형의 군수물자를 개발하고, 생산하는 한국의 군사력 또한 자신들이 알고 있는 그런 수준이 아니란 것을 깨달았다.

또한 한국과 미국, 그리고 러시아 등의 나라들이 자신들이 미처 파악하지 못한 첨단 무기들을 다량 보유하고 있음도 알게 되었다.

굳은 표정으로 참모들의 서약을 받고 있던 소샤오린은 그런 생각까지 미치자, 저도 모르게 집안의 강력한 친위대인 정보보안여단 병사들을 돌아보았다.

그들은 자신과 손을 잡은 SH 그룹의 정수호 회장이

지원해 준 파워슈트를 착용하고 있었다.

그리고 소샤오린 본인도 외투 안에 파워슈트를 착용하고 있는 상태였다.

파워슈트를 착용했을 때와 하지 않았을 때의 그 느낌이 달랐다.

비록 파워슈트의 온전한 기능이 가동되는 시간은 두 시간 정도밖에 되지 않지만, 기능을 끄고 있더라도 그 어떤 방탄 슈트보다 방탄 성능이 뛰어났다.

그래서 현 시점에서 파워슈트를 입지 않았을 때의 느낌은 천길 절벽 끝에서 아무런 보호 장비 없이 외줄을 타는 것과 같은 기분이었다.

하지만 반대로 파워슈트를 입고 있을 때는 그 어떤 위협에서도 살아날 수 있다는 자신감이 충만해졌다.

"좋아. 이제부터 우린 더 이상 한국군과 전투를 하지 않는다."

웅성! 웅성!

국경을 넘어서 침입한 한국군과 전투를 벌이지 않겠다는 소샤오린 대교의 파격적인 선언에 작은 소란이 일었다.

탁!

"그만!"

소란이 일자 소샤오린 대교는 탁자를 내리치며 소란

을 진정시켰다.

"이번 전쟁은 절대적으로 중앙정부의 패착이고, 그로 인해 우리 북부전구의 수많은 장병들이 죽거나, 포로가 되었다."

마치 상처 입은 맹수가 분노를 참는 것 같은 모습으로 나직이 내뱉는 소샤오린의 모습은 듣는 이로 하여금 그가 얼마나 화가 나 있는지 알 수 있게 만들었다.

"너희도 느꼈을 것이다. 한국군 제7기동군단의 진격이나, 북부전구에 포진된 전략 로켓군 기지와 연단이 어떻게 무력화되었는지."

그런 소샤오린 대교의 이야기에 참모들은 저도 모르게 움찔하였다.

빛도 반사되지 않는 칙칙한 모습을 한 인영들이 정예인 전략 로켓군 부대들을 장악하고, 통제하던 모습은 마치 지옥의 군대가 죄를 지은 죄수들을 고문하려고 하는 듯한 모습을 연상케 만들었다.

그 모습을 머릿속에 떠올린 참모들은 자신들도 느끼지 못한 상태로 트라우마로 남아 있다 소샤오린의 물음에 반응을 한 것이었다.

그리고 이런 참모들의 모습을 확인한 소샤오린은 본인 스스로도 인식하지 못하고 있었지만, 참모들과 비슷한 반응을 내비치고 있었다.

"또 현재 조국을 둘러싼 나라들은 호시탐탐 우리를 노리고 있는 상태다."

중국의 중앙정부에서는 정보 통제를 해서 자신들에게 불리한 정보들은 인민들에게 알리지 않고 있었다.

그리고 그건 같은 인민 해방군인 북부전구에도 마찬가지였다.

북부전구가 연일 한국군과 전투에서 밀리고 있던 그때, 인도는 서쪽 끝에서 선전포고를 하고 국경을 넘었다.

아니, 원래부터 인도와 중국의 국경선은 애매한 부분이 없지 않아 있어 국경을 넘었다고 하기도 뭐했지만, 어찌 되었든 중국이 정해 놓은 국경을 넘은 것은 맞았다.

또한 중구 내 많은 자치구들이 무장봉기를 하고 일어나 혼란을 주고 있었다.

그럼에도 중국 정부는 이러한 소식을 일절 외부는 물론이고, 내부에도 알리지 않고 있는 중이었다.

하지만 소샤오린은 북부전구의 실질적인 지배 가문인 소씨 군벌의 일원이고, 차기 당주로 예정되어 있다 보니 이런 정보를 속속들이 알고 있었다.

만약 중앙정부에서 북한 내부에 진출한 북부전구의 전력이 한국군 제7기동군단에 밀렸을 때 빠르게 지원군을 꾸려 지원을 했다면, 소샤오린 대교가 이렇게까지 하지는 않았을 것이다.

그런데 중앙정부는 북부전군의 전력이 밀리고 있는 중에도 어떻게 해서든 북부전구의 힘을, 아니, 정확하게는 소샤오린의 가문인 소씨 군벌의 힘을 약화시키기 위해 전력 소모를 강요하는 모습을 보며 결심을 내렸다.

조국을 위해서, 그리고 가문을 위해서라도 적인 한국과 손을 잡아야 한다고 말이다.

이는 애국심이나, 충성심을 떠나 생존과 연관이 있는 것이었다.

어떤 선택을 해도 결과가 나쁘면 소샤오린이나, 그의 가문은 죽음뿐이었다.

중국과 한국의 전쟁이 중국의 승리로 끝난다면, 중앙정부에 의해 초기 전쟁의 패전 책임을 물어 숙청이 될 것이다.

그리고 만약 한국의 승리로 끝난다 해도 그들과 손을 잡지 않고 끝까지 항전을 했을 때는 한국군의 손에 의해 죽게 될 것이었다.

즉, 어떻게 하든 소샤오린이나, 가문은 멸문뿐이었다.

그런 양자택일의 상황에서 새로운 선택지가 하나 생겼다.

그것은 바로 오래전 찾아온 한국의 SH 그룹 회장인 정수호가 제안한 대로 그와 손을 잡고 현재 북부전구가 방어하고 있는 지역을 한국에 넘겨주면, 한국은 그 대신 자신과 가문의 안전은 물론이고 중국 대륙을 차지할 수 있게 만들어 주겠다고 약속했다.

처음에는 그 제안을 허황되게 느껴져 일말의 고민도 하지 않았다.

하지만 시간이 흘러 현실을 마주하게 되니 그때 한 말이 결코 허황되지 않았다는 것을 알게 되었다.

한국은 자신들이 보지 못하는 곳에서 엄청난 힘을 키우고 있었다.

그리고 기회가 왔을 때, 한번에 터뜨렸다.

또한 그런 한국과 손을 잡은 나라가 많다는 것을 중국은 알지 못했다는 것이 확실한 패착이었다.

그래서 소샤오린은 한국의 손을 들어주기로 결심했다.

그리고 지금, 자신의 참모들을 설득, 아닌, 설득을 하고 있다.

"그동안 우리를 속이고, 독재를 하려는 현 정부를 당에 대한 배신으로 규정하고 그들을 숙청한다."

쿠궁!

소샤오린의 선언을 듣고 있던 참모들은 머릿속에서

핵폭발에 버금가는 폭발음을 들리는 것만 같았다.

그도 그럴 것이, 강력한 통치력을 바탕으로 장기 집권을 하고 있는 현 중국의 국가 주석인 진보국의 파벌을 반역 혐의로 숙청을 하겠다고 선언을 하지 않았는가.

이로써 아무런 반대 없이 듣고만 있던 이들도 이제는 어쩔 수 없이 소샤오린과 한 배를 탄 것이나 다름이 없게 되었다.

만약 이 일이 실패로 끝난다면, 이 자리에 있는 어느 누구도 살아남지 못할 것이었다.

그리고 중간에 이들을 배신하고 이 일을 중앙에 보고를 한다고 해도 참작이 되지 않을 것이란 것도 잘 알고 있었다.

'젠장……'

이 자리에 있는 참모들은 누군지 모를 존재를 향해 속으로 욕을 하였다.

그것이 눈앞에 있는 소샤오린이 될 수도 있고, 혹은 이런 상황에 내몰리게 만든 중앙정부가 될 수도 있었다.

*　　　　*　　　　*

[마스터, 소샤오린이 드디어 북부전구의 지휘관들을 제압했습니다.]

소샤오린과 손을 잡은 수호를 위해 따로 그의 움직임을 살피고 있던 쥬피터가 보고를 하였다.

슬레인은 수호와 함께 북부전구에 포진한 중국 전략로켓군 65기지와 예하 여단들의 제압 작전에 함께했다가 현재는 또다시 연구를 하기 위해 쥬피터에게 임무를 인계하고 자리를 비운 상태였다.

그렇기에 수호의 보좌 역할은 다시 쥬피터가 하게 된 것이었다.

"그럼 약속대로 흑룡강성과 지린성은 비웠겠군."

쥬피터의 보고를 받은 수호는 고개를 끄덕이며 중얼거렸다.

[예, 그렇습니다. 지린성과 흑룡강성에 남아 있던 중국 인민 해방군은 현재 랴오닝성의 차오양시와 내몽고 자치구의 츠펑시와 퉁라오시로 이동 중입니다.]

현재 중국 북부전구의 전력 중 아직 한국군과 교전을 벌이지 않아 전력을 유지하고 있던 부대는 북부전구의 사령원인 소샤오창의 명령에 의해 치오양시와 츠펑시 그리고 퉁라오시로 이동을 했다.

이는 소샤오린이 친위 부대인 제4정보보안여단과 함께 북경의 중부전구의 보호를 받는 진보국과 그 일파를 제압하기 위해 북경으로 들어갈 때, 그들의 눈길을 끌어야 하기 때문이었다.

"그렇다면 그를 좀 도와줘야 하겠군."

수호는 혹시라도 소샤오린이 북경을 장악하기 위해 동원하는 북부전구의 전력이 중부전구의 병력에게 발각이 되면 실패할 확률이 높아지기에 도움을 주기로 판단을 내렸다.

[그럴 줄 알고 인공위성들을 미리 제압해 두었습니다.]

쥬피터는 자신이 보고를 하면 마스터인 수호가 이러한 명령을 내릴 것을 짐작하고, 우주에 있는 인공위성 중 중국의 감찰 위성과 민간용 위성 모두 통제권을 탈취하였다.

물론 이러한 사실은 위성을 관리하는 중국의 정찰국도 모르고 있었다.

이뿐만이 아니었다.

혹시나 있을지 모를 변수를 막기 위해 동북아시아를 감찰하고 있는 일본의 위성까지 모두 통제하였다.

이 때문에 현재 일본에서는 난리가 난 상태였다.

그도 그럴 것이, 느닷없이 인공위성이 통신 두절되었기 때문이다.

한국과 중국이 한반도를 두고 전쟁을 벌이는 것에 일본은 그 누구보다 촉각을 세우고 지켜보던 중이었다.

혹시라도 기회가 된다면 한반도에 진출을 하기 위해

서였다.

한국과 동맹은 아니지만, 미국을 사이에 두고 북한과 중국, 그리고 러시아의 남하를 막기 위해 공동으로 교류를 하고 있었다.

하지만 현재 일본은 계속되는 자연재해로 인해 일본 침몰설이 팽배한 상태.

그 때문에 자연재해로부터 안전한 영토 확보가 크게 대두되고 있었다.

그러한 때에 중국과 한국이 전쟁을 벌인다는 것은 일본에게는 기회가 아닐 수 없었다.

특히나 누가 봐도 중국에 비해 군사력으로나, 경제력으로나 한국은 상대가 되지 못했다.

세계 최강인 미국이 한국을 돕지 않는다면 한국은 중국에 의해 멸망을 할 수도 있었다.

그렇기에 이번 기회에 일본은 한반도에 영토를 확보할 수 있게 기회를 엿보고 있던 것이다.

그런데 한창 한반도 상황을 지켜보고 있는 그때, 갑자기 인공위성이 먹통이 되어 버렸다.

인공위성의 송신기 부분이 에러가 난 것인지, 아니면 한반도 상공을 촬영하는 감찰 기기의 불량인지 알 수는 없었지만, 현재로써는 고장의 원인을 찾느라 정신이 없었다.

"혹시 그에게 연락은 없었어?"

수호는 혹시나 저번처럼 북경을 제압하는 일에 도움을 요청하지 않을까 하는 생각에 쥬피터에게 물어보았다.

북부전구에 배치된 전략 로켓군을 제압하는데 도움을 주고, 수호는 그 대가로 지린성과 흑룡강성에 있는 북부전구 병력을 철수한다는 약속을 받아 냈다.

그 때문에 현재 한국군은 별다른 희생 없이 동북 3성 중 지린성과 흑룡강성 두 곳을 확보할 수 있었다.

이것만 해도 충분히 조선 후기 중국에 잃은 동간도를 찾은 것이었다.

이제 남은 것은 고대 삼국시대에 신라가 당나라를 끌어들이면서 잃은 서간도와 산둥반도 일대만이 남아 있었다.

이 땅도 소샤오린의 가문이 북경을 장악하게 되면 되찾을 수 있게 될 것이었다.

이는 소샤오린이 수호와 손을 잡았을 때 이미 약속된 거였다.

물론 화장실 갈 때와 나올 때의 마음이 다르다고, 일이 끝난 뒤 소샤오린이 약속을 지키지 않을 가능성도 존재했다.

아니, 그는 지키려 하지만, 그의 집안 어른이 그와 맺은 약속을 저버릴 수도 있었다.

하지만 수호는 전혀 걱정하지 않았다.

약속을 지키지 않으면 자신도 약속을 지키지 않으면 그만이었으니까.

이미 가장 우려하던 시뮬레이션 결과는 이미 조건이 안 되는 상황.

최악의 경우 중국의 전략 로켓군이 보유한 탄도미사일들을 한꺼번에 한반도로 발사를 하는 것이었는데, 그렇게 되면 현재 배치된 스카이넷 시스템으로는 모든 탄도미사일을 막아 낼 수가 없었다.

그래서 소샤오린의 요청에 바로 SH시큐리티와 수호도 전략 로켓군 기지와 예하 여단을 제압하기 위해 출동을 한 것이었다.

그리고 확실하게 제압을 하고 소샤오린이 지휘하는 부대에 인수인계를 했다.

물론 완벽하게 통제권을 넘긴 것은 아니었다.

부대 병력을 넘긴 것이지, 탄도미사일의 통제권까지 넘긴 것은 아니었다.

아니, 오히려 탄도미사일의 통제권은 수호가 가지고 있었다.

이는 최악의 사태를 막기 위한 수단이기에 당연한 조치였다.

"소샤오린에게서 도움 요청이 들어오면 바로 연결해."

[알겠습니다.]

수호의 지시에 쥬피터는 바로 대답을 했다.

한편 쥬피터에게 명령을 내린 수호는 청와대로 걸음을 옮겼다.

9. 안가 확보

SHHX—01이 어둠을 뚫고 날고 있었다.

전에는 심양의 하늘이었다면, 이번에는 중국의 수도인 북경의 하늘이었다.

거대한 크기와는 다르게 너무도 조용하고 은밀하게 하늘을 날아가고 있었기에, 어느 누구도 SHHX—01의 움직임을 발견하지 못했다.

띵띵띵띵!

스피커에서 요란한 경보음이 울렸다.

척척척척!

경보음이 울리자 SHHX—01에 탑승하고 있던 탑승

인원들이 분주하게 움직이기 시작했다.

"이번 작전은 중국 지도부가 모여 있는 안가다."

현재 한국과 전쟁 중인 중국 지도부는 북경의 모처에 있는 비밀 안가에서 전장을 지휘하고 있었다.

언제, 어디서, 어떻게 한국의 특수부대가 침투해 암살을 할지도 모르는 상황이었기에, 모처에 숨어 전황을 지켜보며 지휘하는 것이었다.

하지만 이미 그들이 숨어 있는 곳은 수호에게 알려진 상태.

북부전구의 실세인 소씨 군벌의 후계자인 소샤오린이 도움을 요청하면서, 중국의 국가 주석인 진보국과 그 일파들이 모여 있을 안가의 소재를 알려 줬기 때문이다.

그런데 원래 계획은 수호에게서 파워슈트를 100벌이나 지원을 받은 소샤오린이 직접 북경의 일을 마무리하는 것이었다.

하지만 뒤늦게 알려진 소식에 의해 작전이 바뀌어 한국에 있던 수호에게 이번에도 도움을 청했다.

소샤오린이 도움을 요청한 이유는 다름이 아니라 전황이 예상보다 빠르게 무너지자, 뒤늦게 한국의 저력을 깨달은 진보국이 급히 동부전구의 인민 해방군들을 대거 북쪽으로 소집했기 때문이다.

진보국의 원래 계획은 북한의 장진호에서 북부전구 예하 제79집단군이 한국의 제7기동군단에 대패를 하자, 이번 기회에 자신의 경쟁자인 소샤오창을 끌어내리려고 했다.

그래서 지원을 요청하는 그의 요청을 무시하고, 지원을 지지부진하게 만들어 버렸다.

그 때문에 북부전구는 정예인 78집단군과 80집단군까지 잃어버리고 말았다.

이제 북부전구의 남은 전력이라고는 전투에 부적합한 정보여단들이나, 공병여단들이 대부분이고, 전투가 가능한 전력이라고 해도 전구직할여단 몇 개뿐이었다.

물론 군인의 숫자는 아직 35만 이상 남아 있기는 하지만, 그들만으로는 이미 국경을 넘은 한국의 제7기동군단을 막아 낼 수가 없었다.

그도 그럴 것이, 한국의 제7기동군단은 기계화 군단이기 때문이었다.

아시아 최강이란 수식어가 붙은 제7기동군단을 상대로 35만의 보병은 그저 맛 좋은 먹이일 뿐이었다.

뒤늦게 자신들의 실수를 깨달은 진보국과 그의 일파는 급히 동부전구의 기계화 전력과 포병여단들을 북쪽으로 불러올렸지만, 이미 때는 놓쳤다.

하지만 호사다마라고 하던가?

밀리는 북부전구를 지원하기 위해 부른 것이었지만, 지원이 늦어진 동부전구의 전력이 북경이 있는 중부전구로 들어와 있는 상태에서 소샤오린이 전황을 두고 보지 않고 쿠데타를 일으켰다.

원래 북부전구와 중부전구의 전력 차는 엇비슷하지만, 북경을 수비하는 입장인 중부전구가 약간 우위에 있었다.

그렇기에 소샤오린은 기갑 전력을 잃은 북부전구의 전력만으로는 정면으로 싸웠다간 중부전구를 이길 수 없다고 판단했다.

그래서 남은 전력으로 중부전구의 전력의 시선을 끌고 자신은 정예인 제4정보보안여단을 데리고 지도부가 숨어 있는 안가를 급습해 상황을 마무리하려고 했던 것이다.

하지만 뒤늦게 올라온 동부전구 전력으로 인해 그러한 소샤오린의 계획은 물거품이 되어 버렸다.

아니, 시도도 못하고 실패한 쿠데타가 될 위기에 처했다.

이에 소샤오린은 중대한 결정을 내렸다.

그것은 바로 한국에 있는 수호에게 도움을 청하는 것이었다.

이미 한 번 도움을 청한 적이 있기에, 두 번은 무척이나 쉬웠다.

중앙정부에 반기를 들고 쿠데타를 일으킨 마당에 이대로 물러난다고 해도 뒤가 없었다.

그러니 죽이 되든 밥이 되든 감행해야만 했다.

하지만 소샤오린은 알지 못했다.

이미 수호의 명령을 받은 쥬피터가 우주에서 감찰을 하고 있는 인공위성들을 모두 통제하고 있다는 사실을 말이다.

그 말인즉슨, 소샤오린의 쿠데타는 아직까지 중국 정부에 알려지지 않았다는 뜻이다.

그렇지만 이러한 사실을 알지 못하는 소샤오린은 자신들의 쿠데타가 이미 중국 정부에 알려졌을 것이라 생각하고 급히 수호를 찾았다.

이 상황을 해결해 준다면 원래 약속한 것에 중국의 성 하나를 추가하여 줄 수도 있다고 했다.

이는 수호에게 무척이나 유리한, 아니, 정확하게는 한국 정부에 무척이나 좋은 조건이었다.

사실 중국과의 전쟁이 유리하긴 하지만, 한국에 마냥 유리한 것만은 아니었다.

그도 그럴 것이, 전쟁 전 전쟁 수행 물자를 최대한 비축했다고는 하지만 부족한 것이 너무도 많았다.

그러니 한시라도 빨리 전쟁을 끝내는 것이 한국의 입

장에서도 좋은 일이었다.

이러니저러니 해도 아직 중국의 인민 해방군은 200만 명 이상이 남은 상황이었다.

그때, 북경의 중심가에서 멀지 않은 곳이지만, 그렇다고 해서 번잡하지 않고 무척이나 한적한 위치에 있는 안가의 모습이 보였다.

탐지 장치를 키고 살펴보니, 역시나 세계 군사력 순위 3위의 중국이라 할 수 있을 정도로 곳곳에 밖에서는 보이지 않는 감시초소가 촘촘히 배치되어 있었다.

"의심 많은 떼놈 아니라고 할까 봐, 많이도 깔아 놨네."

장재원은 바이저에 비친 영상을 보며 중얼거렸다.

"떼놈이라 그렇겠냐? 그만큼 중요한 곳이니 그렇겠지."

투덜거리는 장재원에게 유재욱 부장이 이야기했다.

"뭐, 그런다고 우릴 막을 수나 있데요?"

"우리가 아닌 다른 놈들이라면 충분히 막을 수도 있지 않을까?"

유재욱은 중국 중부전구의 특수부대원들이 숨어 있는 모습을 지켜보면서 그렇게 대답을 했다.

중국의 특수부대인 공강병(특수전부대원)들이 세계 유수의 특수전 지휘관들에게 그리 좋은 평가를 받지는 못하지만, 어찌 되었든 그들도 특수전 훈련을 받은 정예들이었다.

그런 특수전 전문가들이 숨어 감시를 하고 있으니, 이를 뚫고 침입을 하는 것은 쉬운 일이 절대 아니었다.

그럼에도 장재원과 유재욱은 농담 따 먹기를 하듯 중국의 공강병들을 보며 가벼운 대화를 하고 있었다.

"준비는 다 되었나?"

언제 다가왔는지 모를 만큼 수호는 은밀히 대화를 하고 있던 두 사람의 뒤에 다가와 물었다.

"예, 언제든 명령만 내려 주십시오."

장재원은 회장인 수호의 질문을 받자마자 자신감 있는 목소리로 대답했다.

"좋아. 그럼 정확히 30분 뒤, 자정에 작전을 시작한다."

"알겠습니다. 그럼 다른 사람들에게 그렇게 전달하겠습니다."

"그래."

*   *   *

스스스스.

별도 없는 깜깜한 밤.

스산하게 기분 나쁜 바람이 대기를 스쳐 지나갔다.

"중위, 무슨 소리 못 들었나?"

조오룽은 경계 근무를 하는 도중 무슨 소리를 들은듯 하여 함께 근무를 서고 있는 증위 하사에게 물었다.

하지만 너무도 조용하다 못해 따분한 증위는 상급자 인 조오룽 중사의 질문에 대충 대답을 했다.

"아무것도 못 들었습니다."

아무런 소리도 못 들었다는 증위의 대답에 조오룽은 미간을 찌푸리며 다시 물었다.

"자세히 살펴봐. 무슨 소리가 들렸단 말이다."

"들리긴 무슨 소리가 들렸다는 겁니까? 바람 소리만 들리는데."

그런 증위에 거듭된 대답에 조오룽은 고개를 갸웃거 렸다.

'내가 잘못 들었나?'

분명 뭔가 다가오는 듯한 소리를 들었다.

하지만 함께 근무를 서고 있는 증위의 대답에 더 이 상 그에게 말을 걸 수가 없었다.

자신보다 계급은 낮지만, 배경이 좋은 그를 더 이상 귀찮게 해 봐야 자신에게 좋을 것이 없었기 때문이다.

'제길, 하필 이놈과 근무를 서게 되다니……'

현재 저녁 근무를 나온 증위도 짜증이 나 있었지만,

사실 조오룽 중사도 비슷한 기분이었다.

특수부대원인 그로서는 전공을 세울 수 있는 전장에 나가고 싶었다.

중국 최정예 공강병으로서 전랑의 후예인 자신이 이렇게 아무도 찾지 않는 후방 중의 최후방에서 야간 근무나 서고 있는 것이 너무도 못마땅했다.

그래서 당의 고위 인사들이 모인 곳을 지킨다는 사명감으로 억지로 참고 있었는데, 평소 보기도 싫은 존재와 함께 근무를 나온 것도 그렇고, 계급도 낮은 놈이 이렇게 불성실하게 대답을 하는 것에 화가 났다.

'젠장, 그때 대장님이 부를 때 못 이기는 척 지원할 것을……'

이 주 전에 조오룽은 부대장으로부터 한 가지 제안을 받았다.

북부전구로 전출을 가는데 함께 가지 않겠냐고 말이다.

그때는 중부전구에 있는 것보다 대우가 좋지 못할 거라는 생각에 거절을 했는데, 지금에 와서 생각해 보니 그때 부대장을 따라갔어야 했다는 생각이 들었다.

지금쯤이면 북부전구로 전출 간 부대장은 한창 전장에서 전공을 세우고 있을 것인데, 자신은 이렇게 집 지키는 개가 되어 버릇없는 놈과 함께 근무나 서고 있으니 말이다.

그렇게 조오롱이 관심을 끊고 자신만의 생각에 빠져들 때, 그들과 얼마 떨어지지 않은 곳에서 이들의 대화를 엿듣고 있는 이가 있었다.

'감이 좋은 놈이군.'

유재욱은 경계를 넘기 전, 비트에 숨어 있는 중국 공강병을 처리하기 위해 접근을 했다가 느닷없이 들려온 목소리에 동작을 멈췄다.

그도 그럴 것이, 기감이 좋은 조오롱이 무슨 소리가 나지 않았냐고 동료인 증위에게 말을 걸고 있었기 때문이다.

하지만 이들의 운명도 여기까지였는지, 더 이상의 대화 소리는 들려오지 않았다.

스르륵!

조금 전보다도 더 천천히 소리를 죽여 가며 비트에 접근했다.

그리고 조오롱과 증위가 있던 비트 안으로 수면 가스를 주입하였다.

너무도 은밀하게 하다 보니 가스를 주입함에도 어떠한 소리도 들리지 않았다.

만약 이 일대에 이런 비트가 없었다면 굳이 수면 가스를 사용하지 않고 직접 처리를 했겠지만, 지금 안가 일대에 깔린 이런 비트는 10m 정도의 거리를 두고 지척에 깔려 있었다.

그렇기에 직접 처리를 하기보단 소리가 밖으로 새 나가지 않게 수면 가스를 비트 안으로 주입을 한 뒤, 처리를 하고 있었다.

푹! 푹!

잠깐의 여유를 두고 비트 안으로 들어간 재원은 비트 안에 있던 두 사람이 수면 가스에 의해 잠이 들자 심장에 대검을 꽂아 넣었다.

그러면서도 소리가 새지 않게 한 손으로는 입을 막았다.

그리고 이런 모습은 인근의 비트에서도 똑같이 행해지고 있었다.

"A1 클리어!"

자신이 배정된 비트에 대한 처리를 공용 채널에 보고했다.

그와 동시에 여기저기서 무전이 들어왔다.

치직!

— A2 클리어!

— A3 클리어!

자신이 담당하던 비트에 대한 처리가 완료되었음을 보고하는 무전들이었다.

그리고 다른 곳에서도 똑같은 보고들이 밀려들었다.

장재원을 팀장으로 있는 팀은 안가 외에도 안가를 둘러싼 지역들 중 전투력을 가진 중국 인민 해방군들을 모두 처리했다.

SH시큐리티의 이번 임무는 중국의 지도부가 머물고 있는 안가와 외부를 분리하는 것.

그러기 위해선 일단 안가를 경호하는 공강병들을 모두 처리하는 것이 우선이었다.

안가 주위를 경계하는 공강병들을 제거한 뒤 안가 내에 주둔 중인 인민 해방군을, 그리고 최종적으로 안가 안에 있을 중국 공산당의 핵심 간부들을 제압한다면 모든 일이 끝이 나는 것이었다.

이런 일들을 방어하기 위해 세계 많은 나라들은 특수부대를 설립하고, 많은 예산을 투입하여 훈련을 시키는 거였다.

특수부대란 존재는 적진에 침투를 하여 적의 요인을 암살 내지는 납치를 하는 일만 하는 것이 아니라, 침투한 적 특수부대원들을 방어하는 목적도 가지고 있었다.

그렇지만 현재 이곳 안가를 지키고 있던 공강병들은 이곳이 자신들의 안방이란 한가운데라고 방심을 하다가 침투한 SH시큐리티의 경호원들에게 제거가 되었다.

"세 시 방향 경계병 모두 제거 완료. 우린 바로 다음 작전으로 들어가겠음."

첫 번째 임무가 끝나자 장재원은 바로 다음 작전으로 들어가겠다는 보고를 했다.

— OK!

무전을 받은 지휘소에서 허락이 떨어졌다.

"우린 다음 작전으로 들어간다."

장재원은 보고를 마치고 허락이 떨어지자, 이번에는 팀 채널을 이용해 팀원들에게 지시를 하였다.

— 알겠습니다.

장재원이 보고를 하는 동안 주변에 있던 비트에서 적을 처리한 팀원들이 비트에서 나와 그의 뒤에 도열을 하고 시작했다.

우웅!

이윽고 클록킹 장치를 킨 이들은 다시 움직였다.

파워슈트에 내장된 클록킹 장치를 가동하자, 이들의 모습은 다시금 사라졌다.

휘이잉!

SH시큐리티의 경호원들이 모습을 감추자, 주변은 다

시 을씨년스러운 분위기로 바뀌었다.

＊　　　　＊　　　　＊

타타타탕!

건물 내부에서 요란한 총소리가 울렸다.

막으려는 자와 뚫으려는 자 간의 총격전이었다.

하지만 상황은 너무도 일방적으로 흘러가고 있었다.

그도 그럴 것이, 막으려는 자의 방어는 뚫으려는 자의 공격을 막아 낼 능력이 없었기 때문이다.

차라리 이곳이 실내가 아닌 실외였다면, 더욱 강력한 무기를 동원하여 막아 냈을지도 모르겠지만, 현재 이들이 있는 곳은 좁은 실내 공간이었다.

침입자들의 공격으로 인해 방어를 위해 실내 곳곳에 배치된 경호부대원들을 속수무책으로 당하고 있었다.

그에 반해 침입자들은 단단한 방탄복을 입고 있는 것인지, 경호부대원들이 쏘는 총에 전혀 피해를 입지 않았다.

그러다 보니 결과는 너무도 당연하게 흘러갔다.

"후퇴!"

방어를 하던 중국군 공강병 중 누군가 후퇴라는 소리를 질렀다.

타타탕!

드르륵!

침입자를 막기 위해 쏘는 총소리를 들어 보면 모두 중구난방이었다.

어떤 이는 자동으로 쏘아 대고, 또 누구는 점사로 끊어 쏘고 있었지만, 어떻게 쏘든 적에게는 전혀 타격을 주지 못했다.

한 마디로 총알만 낭비를 하고 있는 중이란 소리였다.

그 때문에 공강병 중 누군가가 후퇴라는 단어를 소리쳤다.

우왕좌왕!

한창 침입자를 막기 위해 총을 쏘던 중 후퇴 명령이 떨어지자, 공강병들은 언제 총을 쏘며 저지선을 만들었냐는 듯이 급히 자리에서 일어나 후퇴를 하려 했다.

하지만 이곳은 공간이 넓은 야지가 아니었다.

건물 안 실내의 복도.

많은 인원이 왔다 갔다 하는 등의 대인원을 수용하는 시설이 아니라 소수의 인원이 사용할 목적으로 건설된 비밀 시설이었다.

그 때문에 복도 또한 사용자의 숫자를 고려해 일반적인 건물에 비해 좁은 편이었다.

물론 중국의 건설 기조를 보면 다른 나라의 건물들에 비해 이런 복도와 같은 시설이 조금 넓기는 했지만, 그래 봤자 조금 더 넓을 뿐이었다.

더욱이 복도에 통행을 방어할 목적으로 임시로 설치한 장애물까지 있어 무척이나 좁고 복잡했다.

그러다 보니 후퇴란 명령이 떨어졌음에도 쉽게 뒤로 물러나지 못하고 우왕좌왕했다.

타탕!

"으악!"

총소리가 울릴 때마다 건물 안을 지키던 공강병들은 비명 소리와 함께 복도에 쓰러졌다.

그러다 보니 더욱 환란은 가중되었다.

＊　　　＊　　　＊

진보국은 느닷없이 울리는 총소리로 인해 잠에서 깼다.

연일 계속되는 패전 소식에 스트레스를 받다 보니 불면증에 시달렸다.

그러다 조금 전 깜빡 잠이 들었는데, 느닷없이 그의 귓가에 총소리가 들려왔다.

물론 아주 먼 곳에서 희미하게 들렸다.

그렇지만 예민해진 그의 감각은 그 작은 소리에도 잠을 깨기에 충분했다.

드르륵!

자리에서 일어나 다급히 비서를 불렀다.

"무슨 일이야?"

진보국의 목소리에는 오랜만에 단잠을 자고 있는데 방해를 받은 영향으로 인해 짜증이 첨가되어 있었다.

"적이 침입했습니다."

"뭐야!"

비밀 안가인 이곳에 적이 침입했다는 소리에 진보국은 저도 모르게 고함을 질렀다.

그도 그럴 것이, 비밀 안가에 대해 알고 있는 사람은 중국 내에도 그리 많지 않았기 때문이다.

그 이유는 바로 이곳 안가의 위치가 바로 병원 내에 있는 시설이었기 때문이다.

이곳 안가를 건설하기 위해 중국의 역대 지도자들은 처음부터 계획을 하고 건설했다.

설마 병원 시설 내에 비밀 정부 시설이 있을 것이라고는 생각지 못할 것이라 의표를 찌른 계획이었다.

실제로 많은 중국의 권력자들이 이곳을 찾았지만, 서방세계에서는 자신들이 비밀 안가에 모여 국책을 논의한다는 것은 모른 채 그저 건강 체크를 위해 병원에 방문한 것으로 알고 있었다.

이는 전적으로 중국 지도부의 계획이 제대로 먹힌 탓이었다.

서방세계의 스파이들이 그렇게 믿을 수밖에 없는 것은 실제로 병원이 권력자들이나, 중국을 이끌어 가는 대부호들의 건강검진과 치료를 하고 있는 특급 병원이었기 때문이다.

실제로 치료를 받고 건강검진도 받는 등 실질적인 운용을 하다 보니 의심을 피해 갈 수 있었다.

그러다 보니 느닷없이 침입자가 이곳을 지키는 공강병들과 교전을 벌이고 있다는 대답에 깜짝 놀란 것이었다.

"누구야?"

진보국은 이곳을 침입한 적의 정체에 대해서 비서에게 물었다.

"그게… 아직 정체를 파악하지 못했습니다."

비서는 진보국의 궁금증을 해결해 주지 못했다.

그도 그럴 것이, 계속해서 일방적으로 밀리고 있는 상황이다 보니 어느 누구도 적의 정체에 대해 보고를 하지 않았기 때문이다.

그렇지만 적과 교전을 벌이고 있는 공강병들에게 뭐라고 할 수도 없는 것이, 경비를 서고 있던 공강병들 중

지휘관급 장교들은 가장 먼저 제거가 된 상태였다.

야전이었다면 공강병들은 계급장을 떼고 모두 같은 전투복을 입고 있기에 분간이 되지 않았겠지만, 이곳이 어딘가.

바로 중국의 수도인 북경에 위치한 고위 관료들이 이용하는 특급 병원 내부에 있는 비밀 안가다.

막말로 병원 내에서도 그 비밀을 알고 있는 이가 드문 장소가 이곳이었다.

그러다 보니 특수부대원은 계급을 숨기고 행동을 해야 하는 전장이나, 외부가 아니다 보니 실수를 막기 위해 계급장을 붙이고 있었다.

그 때문에 이곳 안가에 침입한 SH시큐리티의 경호원들에 의해 가장 먼저 사살되었다.

아무리 특수 훈련을 받은 공강병이라 하지만, 지휘관의 부재는 이들에게 정상적인 대응을 하지 못하게 만들었다.

이는 교전 교리의 아주 기본이 되는 것이기도 했고, 비록 군인은 아니지만 모두가 국정원 출신에 특수부대에 위탁 교육도 받으며 숙지를 하고 있던 사항이다.

또 수호에 의해 PMC인 아레스에 입교를 하여 재교육을 받고, 또 나중에 다시 SH시큐리티가 설립이 되면서 수호가 새롭게 짜 준 훈련을 이수하다 보니, 이들의 능력은 현역 특수부대원 이상으로 향상되어 있었다.

거기에 최신의 파워슈트까지 착용을 하고 있다 보니, 이들이 노리는 적은 그저 표적에 지나지 않았다.

탕탕탕!

정신을 차리고 보니 총소리가 잠결에 들은 것보다 더 가까워져 있었다.

"여기까지 들어온 것 같습니다."

비서는 총소리가 지척에서 들리자 불안한 표정으로 말했다.

"젠장, 안내해!"

총소리가 점점 가깝게 들려오자, 진보국은 급히 비서에게 명령을 내렸다.

이곳이 안가이다 보니 혹시 모를 침입을 대비해 최후의 수단으로 탈출을 위한 비밀 통로가 마련되어 있었다.

이는 외부의 적을 대비한 것이라기 보단 이곳 안가를 알고 있는 내부의 적, 즉 쿠데타를 대비한 통로였다.

진보국의 명령에 비서는 급히 복도 밖에서 경비를 서고 있는 공강병들을 불러 모았다.

그리고 언제 모여든 것인지 알 수는 없었지만, 총소리에 잠을 깬 다른 국무위원들 또한 이곳에 모두 모여 있었다.

＊　　　＊　　　＊

수호는 천천히 복도를 걸었다.

소샤오린 대교가 알려 준 중국 지도부들이 모여 있을 것으로 짐작되는 비밀 안가를 접수를 완료했다.

사실 소샤오린이 알려 준 안가는 이곳뿐만이 아니었다.

하지만 수호는 정확하게 이곳 천향원 병원을 선택했다.

북경에 있는 여러 안가들 중 이곳 천향원 내에 있는 안가를 선택한 것은 별거 없었다.

오랜 전 슬레인과 함께 중국을 찾았을 때, 심어 둔 스파이웨어를 통해 한중 전쟁이 발발하기 전부터 중국의 주석과 국무위원들, 그리고 군사위 장성들이 수시로 드나들던 정황을 포착했기 때문이다.

뿐만 아니라 최근 일주일 사이 안으로 들어간 모습은 포착이 되었는데, 밖으로 나간 흔적을 찾을 수가 없어서 이곳에 진보국과 중국의 핵심 권력자들이 모여 전쟁을 대처하고 있음을 짐작할 수 있었다.

이는 쥬피터를 통해 몇 번이나 검증을 한 뒤에 내린 결과물이었다.

저벅! 저벅!

천향원 내 비밀 안가에는 어느새 총소리가 멎어 있었다.

안가에 침입한 SH시큐리티의 경호원들은 총소리가 외부로 새어 나가지 않게 하기 위해 침입 전에는 수면 가스와 칼만을 이용해 외부를 감시하던 전력을 처리했다.

뿐만 아니라 안가 내로 들어왔을 때도 혹시나 총소리가 나지 않도록 보통 총알이 아닌 총소리가 작은 아음속탄을 사용했다.

이는 암살을 전문으로 하는 킬러들이 주로 사용하는 총알로써 먼 거리에서는 총소리가 확연하게 줄어든다.

거기다 소음기까지 장착을 하고 건물 내로 들어갔으니, 적이 이를 눈치채기는 쉽지 않았다.

실제로도 이런 준비는 SH시큐리티에게 무척이나 유리하게 작용했다.

아음속으로 날아가는 것이라 위력이 보통 총알에 비해 약하다 하지만, 방탄복을 입지 않은 부위에 맞게 되면 상당한 부상을 입게 되고, 그곳이 목숨과 연관이 있는 얼굴이나 목 같은 부위에 명중이 된다면 단 한 방에 목숨을 잃을 수도 있었다.

RPG와 같은 중화기가 아니라면 일절 피해를 입지 않

는 파워슈트를 착용한 SH시큐리티의 경호원들이 권총만 들고도 이곳 안가를 지키는 중국 공강병들을 처리할 수 있던 것도 다 그런 이유에서였다.

14.7㎜ 대공 기관총에도 견디고, 20㎜ 기관총에도 견딜 수 있는 물건이 바로 경호원들이 착용한 파워슈트였다.

그러니 실내다 보니 그 이상의 중화기를 보유하지 못한 공강병들에게는 이들을 막아 낼 방도가 없었다.

그러다 보니 교전은 짧은 시간 안에 끝났다.

"이곳인가?"

"그렇습니다. 여기에 모아 두었습니다."

유재욱 부장은 수호의 질문에 재빨리 대답했다.

탈출을 하다 붙잡힌 진보국과 중국의 국무위원들을 모두 한 방에 가둬 두었다.

물론 이들과 함께 탈출을 하던 공강병들은 다른 방에 가두었다.

덜컹!

수호는 문이 열리고 안으로 들어갔다.

한편 총소리를 듣고 외부로 탈출을 하려던 진보국과 국무위원들은 밖으로 탈출을 하기도 전에 미리 대기를 하고 있던 SH시큐리티의 경호원들에게 붙잡히고 말았다.

몇 명 되지 않는 SH시큐리티 경호원들을 보며 빠르게 제압하고 도망을 치려던 그들은 자신들을 경호하는 공강병들에게 명령을 내렸다.

하지만 교전을 벌이기도 전에 순식간에 접근한 SH시큐리티에 의해 모두가 총 한 번 써 보지 못하고 붙잡혔다.

그 과정에서 작은 이벤트가 벌어졌지만, 이를 지켜본 진보국이나, 국무위원들을 전혀 즐거워하지 않았다.

그도 그럴 것이, SH시큐리티의 경호원들이 선보인 이벤트는 다름 아닌 공강병들이 들고 있던 총을 두 손으로 잡고 막대기를 부러뜨리듯 부셔 버리는 것이었다.

인간이 손으로 쇠로 된 총을 부셔 버린다는 것은 불가능한 일이었다.

그런데 그런 일을 해 버린 사람이 바로 눈앞에 있으니 진보국이나, 국무위원들이 두려움에 떨지 않을 수가 없었다.

그렇게 붙잡힌 진보국과 국무위원들은 이들에게 끌려와서 탈출을 하던 비밀통로로 되돌아간 뒤, 어느 방에 갇혔다.

덜컹!

'누구?'

진보국은 갑자기 들려온 문소리에 고개를 들었다.

그런데 그의 눈에 들어온 것은 무척이나 젊은 청년이었다.

이제 겨우 대학교를 입학했을까 싶을 정도로 어려 보이는 사내.

'잘생겼네.'

처음에는 가장 선두로 들어서는 사내가 무척이나 젊다고 생각했는데, 그 다음으로 든 생각은 잘생겼다는 것이다.

지금 상황과는 너무도 맞지 않는 엉뚱한 생각이었다.

"회장님, 저 사람이 바로 중국의 주석이었던 진보국입니다."

유재욱 부장은 수호를 빤히 쳐다보고 있는 진보국을 가리키며 수호에게 설명을 했다.

'회장?'

뭔가 단어가 그의 생각과 다른 것에 이상함을 느꼈다.

그런데 더욱 그의 신경을 자극하는 단어가 있었다.

그것은 바로 자신을 가리키며 마치 과거의 국가 주석을 가리키듯 설명을 했기 때문이다.

"그런가?"

진보국이 어떤 생각을 하고 있거나 말거나 수호는 그 말을 담담히 받아들였다.

저벅! 저벅!

수호는 천천히 몇 걸음 걸어 진보국의 앞으로 걸어갔다.

그런 그의 모습에 진보국은 긴장된 눈으로 자신의 앞까지 걸어오는 수호의 얼굴을 쳐다보았다.

그렇게 두 사람은 아무런 말도 하지 않은 채 서로의 얼굴을 쳐다보았다.

그러다 먼저 입을 연 것은 수호였다.

"왜 그런 결정을 한 것이지?"

한국과 중국이 전쟁을 하지 않아도 되었다.

중국은 한국에 비해 무척이나 거대하고, 가진 것 또한 많은 대국이었다.

그럼에도 중국은 끊임없이 더 많은 무언가를 원하고, 가지기 위해 주변국과 분쟁을 벌였다.

한국을 상대로 펼친 동북공정이 그랬고, 서쪽으로는 인도와 국경분쟁을 벌였으며, 남쪽으로는 파라셀 군도와 스프래틀리 군도 불법점거 및 인공 섬 건설 등등 많은 곳에서 분쟁을 벌이고 있었다.

"무슨……."

자신을 내려다보는 수호가 무슨 말을 하려는 것인지 깨닫지 못한 진보국은 주눅이 든 표정으로 대답을 하려했다.

하지만 수호의 말에 의해 중간에 끊기고 말았다.

"모른다면 설명을 하지……."

수호는 아직 자신이 무슨 이야기를 하는지 알지 못하는 듯한 진보국을 보며 지금까지 벌어진 일들을 하나하나 지목하며 이야기를 해 주었다.

그러자 이를 듣고 있던 진보국과 중국 국무위원들은 하얗게 얼굴색이 질려 갔다.

그도 그럴 것이, 수호가 하는 이야기들은 모두 중국 내에서도 소수만이 알고 있는 내용이었기 때문이다.

또 그중에는 국무위원들 중에서도 알지 못하는 사안도 있었다.

그렇기에 이런 사실들을 모두 알고 있는 수호의 정체에 대한 궁금증과 두려움의 감정을 동시에 느꼈다.

자신의 이야기에 놀라고 있는 이들을 본 수호는 뭔가를 느끼고 질문을 했다.

"내 정체가 궁금한가?"

너무도 젊어 보이는 수호가 자신들을 상대로 반말을 하고 있음에도 느껴지는 포스가 장난이 아니다 보니, 진보국을 비롯한 국무위원들 중 어느 누구도 함부로 목소리를 내지 못했다.

"궁금하다면 알려 주지… 내 정체는……."

"꿀꺽!"

수호가 자신의 정체를 알려 주려는 듯하자 진보국의 뒤쪽에서 마른침을 삼키는 소리가 들려왔다.

하지만 어느 누구도 그것을 신경 쓰지 않았다.

"난, 한국인이고 한국에서 SH 그룹이란 기업을 운영하는 사람이야."

별거 아니란 듯 자신의 정체를 밝히는 수호였다.

그렇지만 이를 듣고 있던 진보국이나, 국무위원들은 이를 쉽게 받아들이지 못했다.

그도 그럴 것이, 이들은 수호와 그 뒤에 도열해 있는 이들의 정체가 세계 최강인 미국의 특수부대라고 생각하고 있었기 때문이다.

비록 얼굴을 보여 주고 있는 이의 모습이 동양인으로 보이기는 하지만, 그 뒤에 있는 이들은 정체는 알 수가 없었기에 그렇게 생각한 것이었다.

덩치도 자신들보다 크고, 총알도 막아 내는 등의 인간이라고는 믿기지 않을 정도의 민첩한 행동을 할 수 있는 이들은 아무리 생각해도 미군밖에는 없다고 판단했다.

그런데 그들의 정체가 한국이라고 하니 놀라지 아니할 수가 없었다.

하지만 가장 놀라운 것은, 이들의 정체가 군인이 아니라는 점이었다.

일개 기업인이 세계 어느 특수부대와 견주어도 꿀리지 않을 것이라 생각한 중국 공강병 중에서도 고르고 고른 최정예들을 제압했다는 사실에 경악했다.

'일개 기업가가 어찌 이런……'

수호의 이야기를 들은 진보국은 너무도 놀라운 사실에 경악을 금치 못했지만, 일개 기업가가 이 정도 무력을 가지고 있다는 것에 더욱 놀랐다.

정보력은 또 어떠한가.

미국의 CIA마저 속인 자신들을 찾아낸 수호의 능력에 다시 한번 놀랄 수밖에 없었다.

"너희가 모두 잡혔으니, 이젠 전쟁이 끝나겠군."

"뭐? 우리가 너희에게 붙잡히긴 했지만, 아직 우리에게는 200만의 인민 해방군이 있다! 지금 잠시 우리가 밀리기는 했지만, 곧 반격을 할 것이고 한반도는 초토화가 될 거야!"

전쟁이 끝났다는 이야기에 진보국이 참아 왔던 분노를 쏟아 내듯 수호에게 소리쳤다.

하지만 수호는 그런 진보국을 보며 비릿한 미소를 지을 뿐이었다.

그리고 자신이 이곳까지 오게 된 이유와 그와 국무위원들을 넘기는 조건으로 받은 대가에 대한 이야기도 들려주었다.

그런 수호의 이야기에 진보국 이하 국무위원들은 하나같이 경악한 표정을 지었다.

중국 공산당 원로 가문 중 하나가 조국과 당을 배신하고 외부 세력과 손을 잡았다는 사실에 경악을 했고, 큰 배신감에 분노했다.

덜컹!

"여기 있던 거야?"

문을 열고 소샤오린이 방으로 들어오며 말했다.

"어서 와."

방 안으로 들어오는 소샤오린 대교를 보며 수호는 가볍게 맞아 주었다.

"너!"

안으로 들어오는 소샤오린 대교의 모습을 본 진보국은 눈을 크게 뜨며 손가락질과 함께 소리쳤다.

그런 진보국의 모습에 소샤오린 대교는 차갑게 식은 표정으로 노려보며 마주 소리쳤다.

"당의 존립을 위협하는 돼지 새끼! 아직도 도처에 가난과 배고픔에 시달리는 인민이 있는데, 혼자만 호의호식하는 반동!"

자신을 향해 분노를 표출하는 진보국을 향해 소샤오린도 그동안 품고 있던 분노를 쏟아 냈다.

그런 소샤오린 대교의 모습에 순간 진보국이나, 국무

위원들은 움찔했다.

어찌 되었든 현재 그들은 포로가 되었고, 소샤오린은 자신들보다 우위에 있는 존재였다.

"너희가 그런 것처럼, 너희도 그동안의 실정의 책임으로 숙청이 될 것이다. 그리고……."

크게 분노한 소샤오린은 그동안 품고 있던 모든 계획을 진보국과 그 일파에 이야기하며 자신이 어떻게 중국을 이끌어 갈지 떠들었다.

"그만. 그런 것은 나중에 하고, 일단 전쟁을 마무리하는 것이 우선 아니겠어?"

사실 지금도 동북 3성에서는 한국군이 조금이라도 고토를 회복하기 위해 전투를 벌이고 있었다.

북부전구의 실질적 지휘자라 할 수 있는 소씨 군벌의 후계자라 하지만, 모든 북부전구의 병력을 통제할 수 있는 것은 아니었다.

그러다 보니 그가 교전을 피하라 명령을 내려도 몇몇 북부전구의 지휘관들은 이를 듣지 않고 한국의 제7기동군단과 전투를 벌이는 중이었다.

그러니 큰 피해는 아니더라도 눈먼 총알에 부상을 당하는 한국군 병사들이 나오고 있었다.

수호는 이런 피해마저도 입지 않기 위해 하루라도 빨리 전쟁을 종식시키려는 것이었다.

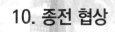

10. 종전 협상

이른 아침.

느닷없는 소식에 청와대는 난리가 났다.

이들은 한창 고토 회복 프로젝트를 완성하기 위해 청와대 지하 벙커 안에서 분주하게 작전을 짜고 있는 중이었다.

그러면서도 후속 지원에 대한 대책을 마련하고 있는 그때, 중국에서 걸려온 한 통의 전화 때문이었다.

"이게 정말일까요?"

정동영 대통령이 잠을 자다가 들려온 소식에 급하게 이곳에 왔다.

그래서 그런지 아직까지 머릿속이 맑지 않아 상황을 판단할 수 있는 상황이 아니었다.

"그게… 연락을 해 온 곳이 중국 주석과의 직통 전화가 맞기는 한데, 걸어온 당사자는 진보국 주석이 아니라 저도 잘……."

질문을 받은 청와대 비서실장은 자신감 없는 목소리로 말끝을 흐렸다.

덜컹!

"대통령님 들으셨습니까?"

벙커 안으로 뛰어 들어오던 유승백 합참의장이 소리쳤다.

보고를 받고 있던 정동영 대통령은 느닷없이 나타나 들었냐고 물어보는 유승백 합참의장으로 인해 의아한 표정을 지었다.

"무슨 이야기 말입니까?"

조금 이른 시각에 급히 벙커로 불려 온 대통령이었기에, 아직까지 상황 파악이 다 되지 않았다.

"아직 보고를 듣지 못하셨나보군요. 그게……."

유승백 합참의장은 자신이 전해들은 정보를 그대로 정동영 대통령에게 들려주었다.

"그게 사실입니까?"

"사실입니다. 김중관 고문으로부터 전해들은 이야기

입니다.”

다른 사람도 아니고 장군회의 고문인 김중관에게서 들었다는 소리에 고개를 끄덕였다.

'그렇다면…….'

조금 전 유승백 합참의장이 들어오기 전 비서실장에게서 들은 보고와 방금 들은 정보와 교차해서 비교해 보니, 그 보고도 결코 가짜가 아닐 수도 있다는 생각이 들었다.

“그나저나 정 회장은 언제 거기까지 갔다고 합니까?”

너무도 놀라운 이야기에 정동영 대통령은 저도 모르게 수호의 행방에 대해 물어보게 되었다.

“이번뿐만 아니라 들어 보니, 중국이 전장을 역전하기 위해 탄도미사일을 사용하려 한 적이 있다고 합니다.”

“뭐요?”

그저 가볍게 SH 그룹의 정수호 회장이 너무도 장한 일을 했기에 그의 행방에 대해 질문을 했는데, 느닷없이 중국이 한반도를 향해 탄도미사일을 사용하려 했다는 소리에 깜짝 놀랐다.

“다행히 사전에 정보를 알아내고 정 회장이 직접 SH 시큐리티의 직원들과 함께 중국의 전략 로켓군 기지와 부대를 급습해 장악했다고 합니다.”

중국 북부전구의 포대상인 소샤오린이 수호와 손을 잡으면서 전해 준 정보 중에 심양에 있는 전략 로켓군 65기지와 예하 로켓군 여단들을 제압했다는 정보가 있어 이야기해 주었다.

"허허, 진짜 홍길동 같은 사람입니다."

정수호 회장은 그동안 대한민국의 발전을 위해 많은 일을 해 왔다.

국방 분야에서는 최첨단 무기와 미사일 방어 체계를 완성한 것은 물론이고, 민간 분야에서는 화재를 방지하는 불연 소재를 개발하기도 했다.

뿐만 아니라 방탄 스프레이라는 것을 개발해 한 해에도 수십 건의 인명 사고를 내는 도로위의 암살자라 불리는 불법 개조 판스프링에 의한 교통사고 사망 사고를 줄였다.

또 의료 분야에서는 실제 사람의 피부와 흡사한 인공 피부를 개발해 화재 사고로 인해 심각한 화상을 입은 피해자들에게 희망을 가져다주었다.

또 사고로 신체를 잃은 사람에게는 정교하면서도 값이 싼 인공 의수, 의족을 개발하여 삶의 질을 높여 주었다.

또한 최근에는 세계에서 최초로 신체 세포를 재생시키는 기술을 완성해 군대에 무상으로 30대나 기증했다.

이는 모두 국가를 위해 희생을 하는 군인들의 복지를 위해 기증한 것이었다.

물론 군대에 기증을 하면서 SH 그룹 산하 병원에도 이 세포 재생 장치를 설치하여 직원들은 물론이고, 소외 계층에는 무상으로 의료 서비스를 제공하여 큰 호응을 얻고 있었다.

이렇듯 국가를 위해 그리고 민족을 위해 많은 일을 하는 수호였는데, 이번에는 누구도 알지 못하는 사이 중국과의 전쟁에서 혁혁한 공을 세웠다.

중국 북부전구에 위치한 전략 로켓군이 한반도를 향해 탄도미사일을 발사하기 전에 이를 간파하고 제압했다니.

거기다 한중 전쟁의 향방을 가늠할 중국 지도부를 제압하여 반대 세력에 인계한 것을 보면, 그가 바로 애국자이고 한민족의 영웅이란 생각이 들었다.

하지만 한편으로는 걱정이 되기도 했다.

그런 엄청난 능력을 가진 사람이 만약 다른 생각을 품게 된다면 과연 그를 막을 수 있을까 하는 두려움이 들었기 때문이다.

'아니지.'

정동영 대통령은 순간 엉뚱한 생각이 떠오르자, 얼른 고개를 흔들고는 정신을 차리려 노력을 했다.

'정 회장이 마음만 먹었다면 그런 일쯤은 언제든 할 수 있는 일이야.'

떠올려 보면 수호가 마음만 먹는다면 진즉에 국가를 전복하고 자신만의 왕국을 만들 수도 있었다.

그 단적인 예로 파워슈트를 착용한 이들이 경계가 삼엄한 청와대를 아무런 제지도 받지 않고 들어온 것만 봐도 알 수 있는 일이었다.

아마도 이번 중국에서의 일도 그들이 나섰을 것이란 생각이 들었다.

거대한 중국도 그런데 그보다 작은 한국 정도는 마음만 먹으면 언제든 가능할 것이란 생각이 들자, 정동영도 정신이 확 들었다.

"그럼 중국과의 전쟁은 끝이라 봐도 됩니까?"

모든 상황이 어떻게 돌아가고 있는지 파악이 된 정동영 대통령은 유백승 합참의장을 보며 물었다.

"그렇다고 생각됩니다. 물론 아직까지 동북 3성 내에서 우리에게 반발을 하고 있는 이들이 있기는 하지만, 그것도 준비 중인 사단들을 전진시키면 모두 해결이 될 것입니다."

사실 인명 피해를 줄이기 위해 한국은 아직까지 후방에 있던 사단들을 올리지 않은 채 대기만 시키고 있었다.

그도 그럴 것이, 제7기동군단이 잘 싸워 주고 있고 사전에 세워 둔 고토 회복 계획이 순조롭게 진행이 되고 있는데, 굳이 보병들을 투입해 피해를 확산할 필요가 없었기 때문이다.

보병 사단들이 전진을 하게 된다면 분명 보다 빠르게 동북 3성을 일찍 수복할 수도 있었지만, 그만큼 희생이 늘어나게 될 터였다.

중국 인민 해방군이 한국 육군에 비해 질이 떨어진다 해도 눈먼 총에 맞으면 희생자가 나올 수도 있었다.

그렇기에 일단 출동 준비를 하고 언제든 명령이 떨어지면 진군을 할 수 있게끔 비상만 걸어 두고 시기를 살피고 있었다.

그런데 중국 측에서 먼저 항복 선언과도 같은 협상을 제의하는 연락이 왔다.

그 모든 것이 SH 그룹의 정수호 회장이 나서서 그리 만든 것이었다.

막말로 이번 전쟁은 정수호로 시작되어 정수호로 끝난 것이나 다름이 없었다.

그도 그럴 것이, 강력한 신무기를 개발해 군에 납품을 하고, 스카이넷 시스템이란 다층으로 이루어진 미사일 방어 체계를 완성해 국방을 튼튼히 했기 때문이다.

거기다 정보를 토대로 한반도 통일의 기초를 닦은 것

은 물론이고, 중국의 욕심을 일찌감치 알고 그것을 이용해 오래전 중국에 넘어간 고토를 회복하는 프로젝트를 완성시켰다.

사실 현 정부는 굳이 그렇게까지 할 생각은 없었다.

군에서야 애국심과 군의 사기를 위해 정신교육 시간에 고토 회복이란 달콤한 이야기를 하고 있었지만, 현실적으로 불가능한 일이었다.

대한민국이 국방 기술이 발전하여 세계 군사력 순위 6위에 올랐지만, 중국은 그보다 순위가 높은 세계 3위의 군사력을 보유하고 있었다.

거기에 미국 다음으로 국방 예산을 사용하여 머지않아 세계 2위인 러시아를 넘어설 것이고, 나아가 미국과 어깨를 나란히 할 것이라 예상이 되는 나라였다.

그러니 고토 회복이란 사실상 장밋빛 망상에 불과했다.

그런데 수호는 그것을 가능하게 만들었다.

그는 중국이 분명 대한민국을 견제하기 위해 북한을 이용해 휴전선 인근에서 무력 도발을 할 것이란 예상을 내놓았다.

그런데 진짜로 그런 예상이 들어맞았다.

이에 수반되는 작전으로 인해 대한민국이 한반도를 통일하게 된다면, 분명 중국은 한반도 내로 진입하여 주저앉으려 할 것이라 했다.

이 또한 수호의 예상대로였다.

역시나 중국은 북한의 지도자인 김종은이 외신을 통해 무조건적인 항복을 선언했음에도 불구하고 한반도에서 물러나지 않았다.

이런 중국의 반응 또한 수호가 말한 그대로였다.

중국은 자신들보다 잘살고, 날로 발전하는 한국의 모습을 보면서 위협을 느꼈다.

그래서 더 이상 한국이 성장하는 것을 막기 위해 북한을 이용해 도발을 한 것이었고, 기회가 된다면 한반도를 자신들의 속국 내지는 일부로 병합할 생각이었다.

하지만 이런 중국 정부의 생각은 수호와 슬레인에게 간파되고 있었다.

그렇기에 수호는 이런 중국인들의 기질을 이용해 계획을 세웠다.

그것이 바로 대한민국의 고토 회복 프로젝트인 것이다.

＊　　　＊　　　＊

한국의 청와대에서 전쟁을 마무리하기 위한 협상을 하자는 중국 측 연락에 기뻐하고 있을 때, 이와 반대로 초상집인 곳이 있었다.

그곳은 바로 중국이었다.

"소국과 손을 잡고 대국의 대계를 망치다니, 그러고도 네가 무사할 성 싶으냐?"

진보국은 자신의 앞에 앉아 있는 소샤오린을 보면서 분노를 표출했다.

몇 시간 전 최초로 마주했을 때도 그랬지만, 진보국은 그 당시보다 더욱 화가 나 있었다.

아무리 생각해도 억울했다.

겨우 한국 정도밖에 되지 않는 나라에 자신이 무너진다는 것이 말이 되지 않았기 때문이다.

"아직도 정신을 차리지 못한 것 같군."

자신을 향해 폭언을 서슴지 않는 진보국을 보면서 소샤오린은 차분하게 말을 했다.

"아까도 이야기했지만, 당신들은 한국이 우리를 상대로 모든 전력을 다 보여 주었다고 생각하나?"

한때는 감히 자신은 쳐다보지도 못 할 까마득한 위치에 있던 진보국을 보며 소샤오린이 물었다.

"아시아 최강이란 소리를 듣는 한국의 제7기동군단의 전력을 생각해 보았나?"

질문을 했으면서도 소샤오린은 대답을 기다리지 않고 또 다른 질문을 하였다.

하지만 이것도 대답을 기대해서 한 질문은 절대 아니었다.

"어디서 날아오는지도 모르는 공격에 얻어맞아 괴멸된 동해함대의 장병들의 마음을 헤아려 보았나?"

질문을 하던 소샤오린은 솟구치는 격정을 이기지 못하고 끝내 자신을 노려보고 있는 진보국을 향해 화를 쏟아부었다.

"편하고 안전한 곳에서 마치 장기나, 바둑을 두듯 인민의 젊은 피들을 전장으로 보낸 너희는 생각을 해 보았나?"

분노를 주체하기 못하고 혈관이 튀어나올 정도로 핏대를 세우며 성토하는 소샤오린의 모습을 보면, 진정으로 그가 지금 어떤 심정으로 이야기를 하고 있는지 알 수 있었다.

그렇지만 이를 대하는 진보국의 생각은 그와 전혀 달랐다.

그런 희생이야말로 당이 추구하는 이상이었다.

모든 혁명에는 피가 흐른다.

그렇기에 당이 정한 것에 인민이 희생을 하는 것은 당연한 일이었다.

그런 희생 속에서 당은 더욱더 발전을 하고, 당이 발전을 해야 인민이 행복한 것이었다.

이런 믿음을 가지고 있기에, 지금 자신을 보며 열을 내고 있는 소샤오린은 그저 권력욕에 먹힌 변절자일 뿐이었다.

"적과 내통한 반동이 할 말이 아니다. 당을 위해서라며 그런 희생은 당연한 것이다."

그런 진보국의 말에 소샤오린은 기가 막힐 수밖에 없었다.

당을 위한 것이라고는 하지만, 그동안 진보국이 한 일만 보더라도 그것은 당을 위한 것이 아니라 자신의 권력을 더욱 공고히 하려는 수작일 뿐이었다.

세계사에서 보듯 독재자들이 하는 핑계와 한 치의 다른 점이 없었다.

"그래서 북한 땅에 들어가 희생을 강요한 것인가?"

비웃음 가득한 질문이었다.

하지만 진보국은 이에 아랑곳하지 않고, 그저 자신이 정당하다고만 얘기할 뿐이었다.

"반동 주제에… 한반도는 우리 중국의 일부일 뿐이야. 오래전에 떨어져 나간 것을 내가 다시 찾으려 했던 것뿐이야."

'허!'

자신의 생각을 당연하다고 여기는 진보국의 태도에 소샤오린은 할 말을 잃어버렸다.

"미친놈이었군. 그동안 우리 중국이 왜 이 모양 이 꼴이 되었는지 잘 알겠어."

소샤오린은 자신을 향해 어처구니없는 주장을 하는 진보국을 보며, 자신이 수호와 손을 잡은 것은 정말이지 신의 한 수가 아닐 수 없다고 생각했다.

만약 수호와 손을 잡지 않았다면, 이런 미친놈으로 인해 중국은 초토화가 되었을 것이 분명했으니까.

한국을 상대로 전황을 뒤집기 위해 탄도미사일을 사용하려던 것만 봐도 그 미래는 알 수 있었다.

소샤오린이 판단하기에 진보국은 그냥 미친놈이었다.

＊　　　＊　　　＊

소샤오린 대교는 굳은 표정을 하며 자신의 큰아버지인 소샤오창을 쳐다보았다.

"백부님, 포기할 것은 포기하는 것이 저희를 위해서도 그리고 당과 인민을 위해서도 옳은 선택입니다."

느닷없이 그동안 찬성해 온 일을 끝나자마자 뒤집으려 하는 모습에 깜짝 놀란 소샤오린이 급히 막아섰다.

"왜 그래야 하지?"

소샤오창은 더 이상 자신의 앞길을 막을 만한 존재가 사라졌다는 판단이 들자, 막무가내로 권력을 휘두르려

하고 있었다.

'이런……'

자신이 아는 백부는 이런 사람이 아니었다.

하지만 라이벌도 없는 상태로 현 중국의 제1의 권력
자가 되었고, 또한 진보국 주석이 차기 주석 후보들을
모두 숙청해 버리는 바람에 밑에서 치고 올라올 경쟁차
도 없다 보니 욕심이 생긴 것이었다.

'이대로 두었다가는 또 다른 괴물이 탄생할지도 모르
겠군.'

소샤오린이 생각하기에 지금 이대로 두었다가는 자신
의 큰아버지가 제2의 진보국이 될지도 모른다는 위기감
이 들었다.

그렇지만 다른 사람도 아니고 자신의 백부이자, 자신
의 후견인이지 않은가.

그런 소샤오창을 칼로 무 썰듯 숙청을 할 수는 없었
다.

"백부님!"

"왜 그러느냐?"

소샤오창은 자신을 부르는 조카의 말에 의아하다는
듯이 말했다.

그런 소샤오창의 모습에 소샤오린은 진중한 표정으로
이야기를 꺼냈다.

"지금 백부님의 힘과 이전 진보국 주석이 가진 힘 중 어느 쪽이 더 강력하다 생각하십니까?"

때로는 진실을 들려주어 본인의 주제를 깨닫게 해 주는 것이 나을 때가 있었다.

비록 그것이 현실이기에 충격은 있을지 모르겠지만, 그것만이 백부가 사는 길이었다.

'응?'

느닷없는 질문에 소샤오창은 눈을 동그랗게 뜨며 조금 전 조카가 한 질문의 뜻을 파악하기 위해 노력했다.

'이전의 진주석과 지금의 나라… 아!'

무언가 의미가 있는 질문이라 생각한 소샤오창은 한참 고민을 하다 무언가를 떠올렸다.

진보국 주석이 한창일 때, 아니, 이번 한중 전쟁이 있기 전까지만 해도 그의 권력은 확고했다.

하지만 현재는 어떤가.

전쟁의 책임을 물어 숙청이 되었다.

물론 예전처럼 숙청이 되었다고 해서 죽인 것은 아니었다.

세월이 흐르면서 공산당 내에서도 원로들의 그동안의 공로를 인정해 권력만 뺏는 쪽으로 흐르고 있었다.

이는 진보국이 주석으로 있을 때에도 그렇게 행해졌다.

그렇기 때문에 전쟁 패전의 책임을 물어 모처에 귀양, 아닌, 귀양살이를 하고 있었다.

"한국은 예전의 한국이 아닙니다. 저희가 약속을 어긴다면 진보국 주석이 그런 것처럼 저희도 제거가 될 것입니다."

소샤오린은 질문에 대한 답을 기다리지 않고 자신이 생각한 것을 그대로 이야기했다.

"백부님도 보셨다시피 저희가 가지고 있는 파워슈트는 100벌에 불과합니다. 그에 반해……."

소샤오린이 북부전구의 지휘권을 가질 수 있던 것은 바로 수호가 그에게 준 100벌의 파워슈트에 기인한 것이었다.

파워슈트 100벌을 받은 소샤오린은 그것을 가지고 북부전구의 사령원인 소샤오창을 찾아갔다.

그리고 그의 앞에서 파워슈트의 성능을 시연했다.

수호가 데려온 경호원들이 착용하고 있던 것에 비하면 성능의 차이가 극명했지만, 그럼에도 파워슈트는 파워슈트였다.

인간의 세 배의 힘을 가지게 만들어 주는 것은 물론이고, 대공 기관총에도 보호를 받을 수 있을 정도로 방탄 성능이 뛰어났다.

이러한 성능 시범을 본 뒤 소샤오창이 그에게 힘을

실어 주었다.

그리고 권력욕에 취한 것 또한 파워슈트의 뛰어난 성능에 기인한 것이었다.

하지만 그러한 것이 다른 누군가에 의해 주어진 것이고, 또 주인이 마음만 먹으면 가지고 있는 파워슈트는 무용지물로 만들 수도 있을 정도의 힘을 가지고 있는 사람이었다.

이러한 점을 소샤오창에게 언급을 하자, 그도 정신을 차렸다.

"네가 무슨 말을 하려는 것인지 알겠다. 그렇게 하도록 해라."

백부는 처음 모습과는 다르게 힘이 많이 빠진 모습이었다.

그러한 백부의 모습에서 뭔가 연상이 되기도 했지만, 소샤오린은 애써 그것을 외면했다.

처음 자신이 찾아 왔을 때와는 확연히 다른 백부의 모습에 소샤오린은 왠지 모를 두려움이 일기는 했지만, 이를 외면하고 수호와 맺은 계약의 이행을 위해 관심을 돌렸다.

*   *   *

"그러니까 우리가 내몽고까지 모두 가져가란 말입니까?"

최종문 외무장관은 눈을 동그랗게 뜨며 물었다.

원래 대한민국이 요구한 것은 동북 3성과 허베이성 일부와 산둥성까지였다.

즉, 고대 한민족의 터전이던 지역들뿐이었다.

그런데 중국 측에선 그냥 북부전구가 관할하던 지역 전부를 넘기겠다고 하고 있었다.

다만, 그 대가로 낙후된 기술을 전수해 달라고 조건을 걸었다.

전쟁의 승리로 원래 계획하던 땅만 받아도 충분했지만, 땅이라면 중국인 못지않게 한국인들도 좋아한다.

물론 그 땅이 사람이 살 만한 옥토가 아니라도 말이다.

"하지만 내몽골은 자치구 아닙니까? 더욱이 그곳은 현재 독립을 요구하고 있다고 알고 있는데……."

자신들의 요구를 들어준다면 내몽고까지 넘기겠다는 중국 측 대표의 말에 최종문은 살짝 뒤로 물러났다.

내몽고 자치구에 있는 몽고인들이 현재 중국으로부터 독립을 요구하고 있었기에, 이를 언급한 것이었다.

"물론 그렇긴 하지만, 몽고와 통합도 쉽지 않습니다. 그에 반해 한국에 통합이 된다면, 그들도 삶의 질이 높아질 것이니 거부하진 않을 겁니다."

중국 측 협상 대표로 나온 소샤오린은 종일 굳은 표정으로 이야기를 하였다.

중국 측 대표의 발언을 들은 최종문 외무부 장관은 잠시 고민에 빠졌다.

'내몽고까지 편입이 된다면 겨울철 찾아오는 황사 문제도 해결할 수 있을 것 같기는 한데……'

분명 내몽고까지 편입이 되면 한국의 입장에서 나쁠 것이 없었다.

더욱이 매년 찾아오는 황사는 한국의 입장에서 무척이나 골치 아픈 문제였다.

그 때문에 한국은 오래전부터 몽고에 녹화 사업을 하고 있었고, 또 작기는 하지만 소기의 목적을 이루기도 했다.

그런데 내몽고를 흡수하게 된다면, 이 지역에 녹화 사업을 추진해 황사 문제를 완벽하게 해결할 수 있을 것으로 보였다.

다만, 중국이 요구하는 기술이전이 문제였다.

다른 것을 떠나 기술은 국가가 보유한 것이 아니라 기업이 소유한 것이었다.

중국과 같은 사회주의 국가에서야 모든 것이 국가의 소유였지만, 자본주의 사회인 대한민국에서는 국가가 함부로 기업이나, 개인의 소유를 뺏을 수 없었다.

"기술이전은 정부가 함부로 약속을 할 수 있는 사안이 아닙니다."

최종문은 내몽고 지역이 욕심은 나지만, 들어줄 수 있는 것이 있고 들어줄 수 없는 것이 있음을 중국 대표에게 알렸다.

"알고 있습니다. 기술이전이 힘들면 사업 진출은 어떻겠습니까?"

소샤오린은 이미 염두에 두고 있었는지 곧바로 사업 진출을 언급했다.

하지만 이 또한 최종문이 받아들이기 어려운 문제였다.

그도 그럴 것이, 예전 중국이 문호를 개방했을 때 많은 한국의 기업들, 그리고 외국의 거대 기업들이 10억이 넘는 중국 시장을 욕심내 진출을 했다.

당시만 해도 중국 정부는 각종 혜택을 주며 외국의 기업들을 받아들였지만, 그것도 잠시였다.

어느 정도 기술을 배웠다고 생각이 들자, 중국은 바로 본색을 드러냈다.

내국인과 차별은 물론이고, 규제를 잔뜩 걸어 쫓아낸 것이었다.

이런 전례가 있다 보니 이 또한 받아들이기 힘든 문

제였다.

"물론 전적이 있다 보니 쉽게 믿지 않겠지만, 이번에는 내국인과 합자를 해야 한다는 조항을 빼겠습니다."

이전 중국에 진출하는 외국 기업들은 중국인과 합자를 해야 사업을 할 수가 있었다.

거기에 더해 중국인의 지배 비율이 1%라도 높아야 한다는 법 때문에 많은 기업들이 제대로 돈도 벌지 못하고 회사를 뺏긴 사례도 수두룩했다.

그런데 그런 악법을 빼 주겠다니.

'그 정도라면…….'

사실 그것만 삭제가 된다면 중국에서 사업을 충분히 영위할 수 있을 것만 같았다.

"그 약속은 우리나라만입니까? 아니면 다른 모든 나라가 해당이 되는 것입니까?"

최종문 장관은 순간 욕심을 부리기로 했다.

그래서 한국 기업만 적용되는 것인지, 아니면 다른 외국 기업들 모두 해당이 되는 것인지 확인하기 위해 물어보았다.

"물론 이 조건은 한국 기업에 한해서만 해당이 됩니다."

소샤오린도 순간 그가 무슨 말을 하는지 눈치를 채고 얼른 입을 맞췄다.

"좋습니다. 그렇다면 중국 측 제안을 받아들이기로 하겠습니다. 다만……."

"다만? 뭡니까?"

"대만, 홍콩, 티벳 그리고 신장 위구르의 독립을 인정하십시오."

최종문은 사전에 이미 듣고 왔지만, 방금 전 이야기를 할 때는 무척이나 신중하고 또 조심스럽게 이야기를 했다.

어떻게 들으면 방금 전 그가 한 말은 중국의 입장에서 내정간섭으로 비춰질 수 있는 내용이었기 때문이다.

아니, 이것은 분명 내정간섭이 맞았다.

하지만 방금 전 언급한 곳들은 모두 SH 그룹과 PMC 아레스와 연관이 있는 곳이었다.

또 이들의 독립을 인정받게 해 주는 것이 이번 전쟁에서 한국을 도운 그들에게 할 수 있는 보답이었다.

"그……."

생각지도 못한 내용을 최종문에게서 듣게 되자, 소샤오린은 순간 대답을 하지 못했다.

한국의 협력자와 이미 약속을 한 내용이었지만, 대한민국의 협상 대표에게 그와 같은 이야기를 듣게 되자 순간 당황하여 말을 하지 못한 것이었다.

'이들도 모두 알고 있었나?'

　　　　＊　　　　＊　　　　＊

　"내가 하는 말을 곡해하지 말고 들어줘."

　이미 친구가 된 두 사람은 나이를 떠나 편하게 대화를 했다.

　"중국이 발전을 하기 위해선 주변국과 대립하지 말고 함께 가야 해."

　수호는 대작을 하면서 소샤오린에게 앞으로 중국이 발전할 수 있는 방향에 대해 조언을 해 주었다.

　"현대는 고대나 근대처럼 영토를 많이 가졌다고 해서 강대국이 되는 것이 아니야. 오히려 작더라도 경제력이 받쳐 줘야 강대국이 될 수 있지."

　소샤오린에게 현대 국가들이 강대국이 되는 방법에 대해 설명을 하고 있는데, 이를 듣고 있던 그는 두 눈이 깊어졌다.

　'그래, 한국처럼 말이지.'

　땅의 크기는 정말이지 중국의 한 개 성이나, 두 개의 성을 합친 것보다 작은 나라가 바로 한국이었다.

　인구수에서도 서른 배나 차이가 나고, 경제 규모나 군사력 또한 자신들에 비해 부족하다 평가되던 나라가 바로 한국이란 나라였다.

하지만 막상 뚜껑을 열어 보니 겉으로 드러난 것이 전부가 아니었다.

중국이 고도비만의 어린아이였다면, 한국은 덩치는 작지만 뼈와 근육이 탄탄한 작은 거인이었다.

"군사력이란 주변의 적이 함부로 넘보지 못하게 하는 정도면 충분해. 그러니 더 이상 군사력을 늘리려 노력할 것이 아니라 내부를 단속하고, 경제에 신경을 쓰는 것이 앞으로 중국이 발전하는데 큰 도움이 될 거야."

중국 발전의 방향에 대해 이야기를 하면서 부디 중국이 주변국과 분쟁을 벌이지 않기를 바랐다.

"통일도 중요하지만, 그들이 원치 않는데 굳이 억지로 해 봐야 혼란만 가중될 뿐이야."

수호는 중국이 대만을 무력으로라도 통일을 하려는 것이 단순히 오기 때문이라 판단했다.

거대한 중국 대륙에 비해 대만은 그저 작은 부스러기에 불과했다.

있어도 그만, 없어도 그만인 곳이 바로 대만이었다.

그리고 그건 홍콩 또한 마찬가지였다.

물론 현재는 홍콩과 대만이 중국 남부의 두 개 성을 차지하면서 상당히 커졌지만, 그래도 현재 중국의 입장에선 그냥 놔두는 것이 나았다.

"하지만 현재 대만은 푸젠성과 광둥성을 침범했어."

소샤오린은 홍콩이 용병을 이용해 광둥성을 점령한 것을 두고, 대만이 푸젠과 광둥성 두 곳을 점령한 것으로 알고 있었다.

"그렇다고 대만과 전쟁을 이어 갈 거야?"

"필요하다면."

소샤오린이 단호하게 말했다.

하지만 수호는 이를 듣고 부정적인 견해를 드러냈다.

"물론 그럴 수 있겠지. 하지만 쉽지 않을 거야."

"쉽지 않다고? 아무리 한국에 우리가 패했다고 하지만, 대만 정도는……."

"그래, 대만이라면 충분히 남은 전력으로 해볼 수 있겠지. 하지만 미국이 이를 두고 보기만 할까? 미국의 동맹인 영국은? 그리고 파이브아이스 국가 중 하나이면서 몇 년 전 중국과 갈등을 빚은 호주는 가만히 보고만 있을까? 어떻게 생각해?"

수호는 자신들과의 전쟁이 끝났다고 해서 중국의 전쟁이 끝난 것은 아니라 말해 주었다.

대만을 중국이 독립국가로 인정을 하지 않는다면, 미국은 물론이고 영국과 호주도 가만히 있지 않을 것이라 언급하면서.

또 말은 하지 않았지만, 그렇게 되면 일본도 가만히 보고 있지만은 않을 터였다.

어떻게든 자연재해가 적은 단단한 육지가 필요한 일본으로서는 미국과 영국이 참전하는 전쟁에 당연히 따라붙을 것이 분명했다.

그 상대가 이미 한국과 전쟁에서 패한 중국이라면 두 말할 것도 없었다.

"음……."

수호의 단호한 말에 소샤오린은 작게 침음을 흘렸다.

그도 그럴 것이, 그 말이 전혀 틀리지 않았기 때문이다.

하지만 두 눈 뜨고 성 두 개를 빼앗긴다고 생각을 하니 앞날이 답답했다.

"그렇게 된다면 푸젠성과 광둥성이 문제가 아니야."

수호는 이야기에 쐐기를 박았다.

실제로 미국이 참전을 하게 된다면 중국이 잃어야 할 것은 정말로 푸젠성과 광둥성 두 성만이 아닐 것이었다.

미국은 이번 기회에 중국이 더 이상 회생하지 못하게 망가뜨릴 것이 분명했다.

그리고 미국과 함께 전쟁에 참가해 승전국이 될 일본은 미국 이상으로 중국으로부터 많은 것을 빼앗으려 할 것은 두말할 것도 없었다.

"잘 선택해. 두 개만 잃고 끝낼 것인지, 미국과 일본

까지 상대하면서 더욱 많은 성을 잃을 것인지 말이야."

마치 최후통첩이라도 하듯이 말한 수호는 손에 들고
있던 술잔을 기울였다.

〈14권에 계속〉